KB025238

Fearless

피어리스

1판 1쇄 인쇄 2021년 5월 6일
1판 1쇄 발행 2021년 5월 11일

지은이   유나양
발행처   (주)수오서재
발행인   황은희 장건태
편집   최민화 마선영 박세연
마케팅   이종문 황혜란 안혜인
디자인   권미리
제작   제이오
주소   경기도 파주시 돌곶이길 170-2 (10883)
등록   2018년 10월 4일(제406-2018-000114호)
전화   031)955-9790
팩스   031)946-9796
전자우편   info@suobooks.com
홈페이지   www.suobooks.com
ISBN   979-11-90382-37-3 (03810) 책값은 뒤표지에 있습니다.

한국 최초를 써 내려가는
세계적인 디자이너 유나양의 정공법

피어리스
fearless

유나양 지음

수오서재

뉴욕 센트럴파크에서 촬영한 유나양 패션 필름 스틸컷

오늘도 두려움 없이

10월 초 맨해튼의 가을은 한 폭의 그림 같다. 오후의 따뜻한 햇살, 청초한 스카이블루 빛 하늘, 도시를 뒤덮은 단풍잎들, 새벽녘에 불어오는 적당히 선선한 바람까지… 전 세계에서 가장 치열한 도시라는 명성을 잠시 잊을 만큼 따스하고 사랑스럽다. 매달 두세 번씩 해외로 나가야 하는 출장 일정 덕분에 1년에 6천만 명의 관광객이 찾는 뉴욕을 즐길 시간이 많진 않지만, 이렇게 잠깐이나마 콧노래를 흥얼거리며 뉴욕의 가을을 누려볼 수 있는 시간은 참 소중하다.

맨해튼에서 하루 중 유동 인구가 가장 많은 42가 서쪽 버스터미널 포트 어소리티Port Authority에서 맨해튼 미드타운을 가로질러 동쪽 끝에 우뚝 서 있는 유엔 본부에 도착했다. 73회 유엔 총회 마지막 날, 전 세계 70여 개국 유엔 대사들을 대상으로 진행된 '유엔 지속가능발전목표SDGs 달성을 위한 창의경제의 잠재력 발현' 심포지엄의 연사로 초청받아 참석하는 날이었다.

"유엔 총회 마지막 날 개최하는 창의경제를 주제로 한 심포지엄에 한국 대표로 초청된 유나양을 소개합니다. 유나양은 한국 출신 패션디자이너이자 하이엔드 브랜드 창업가, 크리에이티브 디렉터로 뉴욕에서 자신의 이름을 걸고 하이엔드 패션 브랜드 'YUNA YANG'을 운영하고 있습니다. 아시아 여성 독립디자이너로 패션의 경계를 넘어 다양한 분야의 세계적인 기업, 아티스트들과 협업하고 있습니다."

사회자의 소개가 이어지는 동안 나는 내가 해야 할 말을 머릿속에서 정리해 나갔다. 자유와 평등, 환경문제 등의 사회적 주제들을 바탕으로 뉴욕 패션위크에서 컬렉션을 이어왔고, 20세기 폭스 영화사, 록밴드 시빌 트와일라잇 등과의 협업, 〈맨해튼 매거진〉에서 선정한 5인의 주목해야 할 디자이너, 일본 오사카 우메다 한큐 백화점 4인의 크리에이터 선정 등의 이야기로 내 소개는 마무리되는 듯했다. 이제 연단으로 나가 발표를 해야 할 시간이었다.

"안녕하세요. 유나양입니다. 저는 세계시민이라는 자부심을 가지고 어떻게 세상을 더 아름답게 디자인할 수 있는지 고민하며 살고 있고, 앞으로도 그렇게 살기를 희망합니다. 디자이너는 상품만 디자인하는 사람이 아니라 세상을 디자인하는 사람이니까요."

사회 통념적인 '성공'을 좇기보다 창조적인 마인드로 남과는 다른 새로운 길을 개척하고 있는 연사들을 초청해 창조적인 사고가 어떻게 더 아름다운 세상을 만드는 데 기여할 수 있는지 다양한 사례를 분석하고 함께 고민해보는 심포지엄이었다. 나는 이민자나 다른 인종에 대한 배타적 태도, 성차별 등에 대한 문제 의식을 발전시켜 뉴욕 패션위크 런웨이에서 평등과 자유에 대한 컬렉션을 선보였던 일, 환경문제를 해결하기 위한 패션계의 노력, 규모의 성장이 아닌 가치를 추구하며 브랜드를 키워내기 위해 시도했던 다양한 도전들, 당시 준비하고 있던 서울의 사회적 기업 멘토링 프로젝트, 지역사회 장인들과의 협업으로 불평등 해소를 위해 기울인 노력 등을 소개했다. 심포지엄에 참석한 각국의 유엔 대사들은 다양한 질문과 소감을 던졌다.

"경력이 특이합니다. 아시아에서 태어나고 성장해 유럽에서 일하고 뉴욕에서 자신의 브랜드를 운영 중인데 삼대륙에서의 다양한 경험이 다른 디자이너들과는 다소 다른 독특한 철학을 가지게 되는 데 도움이 되었다고 생각합니까?"

"서울에서 계획 중인 멘토링 프로젝트에 대해서 조금 더 대화를 나눠보고 싶습니다. 차후 개별적인 미팅도 가능할까요? 우리나라에서도 추진하고 싶습니다."

"유엔 심포지엄에는 일반적으로 NGO 회원, 사회운동가, 정부 기관 관계자 들이 초청받는데 패션 브랜드 창업가이자 크리에이티브 디렉터가 오신다고 해서 호기심에 참석해보았습니다. 패션이 더 나은 세상을 창조하기 위한 유엔의 SDGs에 어떻게 호흡을 맞추고 있는지 궁금한 점이 풀렸습니다. 앞으로도 좋은 아이디어 있으면 지속적으로 공유해주세요."

김포공항에 배웅 나온 친구들을 향해 "6개월 후에 만나!" 하며 손을 번쩍 들어 인사하고 밀라노로 떠났을 때의 기억이 마치 어젯밤 꿈처럼 생생하다. '벌써 20여 년 전의 일이구나.' 오래 떠나 있지 않을 거라고, 반년만 있다 금방 돌아올 거라고, 이태원에서 산 이민 가방 두 개에 인스턴트 음식과 단출한 옷가지만 챙겨서 별다른 야망도 계획도 없이 떠난 6개월 어학연수였다. 그것이 밀라노 패션스쿨 단기 코스로 연장되고, 명품 브랜드 디자이너로 이어졌다. 그것은 다시 런던의 패션스쿨과 패션 실무 경험으로 연결되었고, 미국으로 베이스를 옮겨 10년 차 뉴욕 패션위크 디자이너 브랜드 오너이자 크리에이티브 디렉터, 패션디자이너라는 성장으로 나아갔다. 삶은 한 치 앞도 모를 일이었다. 어쩌면 그래서 더 재미있기도 하고.

'어떻게 내가 이 터프한 패션계에서 살아남아 여기까지 왔나.' 때때로 나 자신에게 물음표를 던져보기도 한다.

즐거웠던 순간도, 힘들었던 순간도 많았다. '유나양'이라는 동양적인 이름의 브랜드로는 절대 명품 브랜드로 성공할 수 없다는 혹평, 이미 자리 잡고 있는 명품 패션 강대국 출신들의 텃세, 아시아 디자이너들은 기술력은 뛰어나지만 창조성은 부족하다는 선입견, 여타 대규모 브랜드들처럼 빠른 속도로 회사 규모를 키우기 위해

서는 투자를 받고 생산량을 늘리라는 조금은 강압적으로 느껴졌던 조언들…. 나를 의기소침하게 만들고 '내가 한 선택들이 맞는 것인가' 흔들리게 하기에 충분했다. 그만큼 악조건의 기세는 거세고 드셌다. 그때마다 나는 되뇌었다.

'내 인생이야. 내가 믿는 대로 용기 내고 도전하고, 그렇게 내 마음이 이끄는 대로 살자.'

아무도 대신 살아줄 수 없는, 대신 살게 내버려둘 수 없는, 그렇게 소중한 나의 인생이었다. 그 인생의 주인공은 나였다. 결과의 성공 유무와 관계없이 나는 나의 길에서 유일무이한 가치가 있는 소중한 존재였다.

철학 해설가 시라토리 하루히코는 《초역 니체의 말》에서 니체의 "본질을 파악하라"는 말을 광천에 비유해 설명했다. 광천의 가치를 모르는 사람들은 물의 양으로 그 풍요로움을 판단하지만 효과를 알고 있는 사람들은 함유성분으로 광천의 질을 결정한다. 우리의 인생도 통념적인 성공의 개념으로만 그 가치가 판단되지 않아야 하듯, 겉으로 보이는 규모나 힘과 같은 단편적인 모습에 현혹되지 말아야 한다는 뜻이다.

외부의 평가보다는 나 자신의 내부를 깊이 들여다보고 내린 결정들이 나의 삶을 정신적으로 풍족하게 일굴 수 있도록 돕는다.

수많은 도전과 실패, 성취에서 얻은 깨달음들은 '그래, 이만하면 괜찮은 인생을 살고 있지' 하고 나 자신을 토닥여줄 수 있는 자양분이 되어준다.

　서울을 떠나온 지 20여 년이 지난 지금, 내가 내 인생을 돌아보며 가장 감사한 것은 여전히 내가 즐길 수 있는 일을 하며 살아가는, 행복한 인생을 살고 있는 사람이라는 점이다. 나만의 소신을 갖고 가슴 뛰는 일들을 하며 살아가는 일은 망망대해에 돛단배를 띄우고 모진 파도를 헤쳐 나가듯 흔들림도, 어려움도 많았다. 하지만 나는 내 삶을 그 누구도 아닌 내 속도에 맞춰 운전해 나아갔다. 나에게 딱 맞춤한 그 템포에 따라 내가 추구하는 가치를 중심에 두고 나의 길을 만들어내고 지켜갔다. 그렇게 얻어낸, 내 삶이었다.

　나의 꿈인 완벽에 가까운 최상의 컬렉션을 창조하기 위해 작은 노력들을 멈추지 않는 것. 조금 더 아름다운 세상을 만들기 위해 고민을 지속하는 것. 내가 가치 있다고 생각하는 것들을 추구하며 흔들림 없이 정진해 나가는 삶.

　내가 만든 나의 길에서 나는 여전히 많이 부족하고 서툴지만, 꿈을 향해 천천히 걸어가는 나의 느린 걸음걸음은 모두 충분히 가치가 있다. 매일 아침 나는 '오늘은 또 어떤 깨달음을 얻는 멋진 하루가 나에게 주어질까?' 설렘을 가득 안고 하루를 시작하기 때문이다. 나는 오늘도 나만의 길을 뚜벅뚜벅 한 걸음씩 걸어 나간다. 두려움 없이.

2021년 봄

유나양

두려움 없이 Fearless

차례

0 2 　진심의 힘

0 3 다르게 걷기

01

세상에 없는 카테고리

Fearless

Show must go on

한계는 없다

2010년 2월 10일 아침.

'드디어 뉴욕 패션위크 데뷔 쇼 날이구나.'

서울에서 나의 뉴욕 패션위크 데뷔 쇼를 보러 오신 부모님이 묵으시는 맨해튼 43가와 8번 애비뉴에 있는 웨스틴 타임스퀘어 호텔에서 눈을 떴다. 창밖으로 보이는 타임스퀘어의 현란한 전광판 불빛과 창문으로 들어오는 따뜻한 햇살은 설레는 나의 마음을 응원하는 듯했다.

"오랜만에 편안한 잠자리에서 푹 잘 잤다."

지난 몇 달 동안 스타트업 회사의 오너로서 내가 처한 상황이 얼마나 절박한지, 내가 얼마나 이루기 어려운 일을 하려는지 나 자신에게 경각심을 심어주기 위해 매트리스 대신 딱딱한 마룻바닥에 담요를 깔고 잠자리에 들었다. 하지만 쇼가 열린 날부터는 편안한 매트리스에서 눈을 뜰 수 있는 사치를 스스로에게 허락해주고 싶었다.

뉴욕 패션위크 데뷔 쇼가 열리기 며칠 전부터 TV에서는 연일 폭설주의보가 보도되었다. 8개월 동안 동고동락하며 데뷔 쇼 컬렉션 샘플들을 제작해준 공방 사장님 내외는 안타까운 마음에 내 눈치를 살피기 바빴고, 안개 자욱한 길을 걷는 것처럼 결과를 예측할 수 없는 내 무모한 계획에 동참해준 친구들도 모두 침울해했다. 나는 떨리는 마음으로 일기예보부터 먼저 확인했다. 기적은 없었다. 예상대로 2월 10일 정오부터 뉴욕 역사상 가장 많은 눈이 내린다는 뉴스가 흘러나왔다. 폭설 때문에 오후 3시부터 대중교통 운행이 끊길 예정이었고, 맨해튼의 모든 학교에 휴교령이 내려졌다.

'하필이면 내 데뷔 쇼가 있는 날… 폭설이라니….'

의기소침한 마음으로 스노 부츠를 신고 밖을 나서는 나를 보고 아버지는, "옛 속담에 눈 오는 날 행사를 하면 대박난다고 했어. 걱정하지 마라"라고 격려해주셨다. 넉넉한 자금도, 전문가팀도 없던 우리에게 오늘이 아닌 다른 날로 쇼를 옮기는 것은 불가능했다.

"그래. 쇼에 아무도 오지 않아도 할 수 없지. 운명이야. 난 이제 겨우 서른 남짓이고 쇼가 잘되지 않아도 좋은 경험을 했다고 생각하면 돼. 내 생애 마지막 쇼가 될지도 모르니 끝까지 최선을 다하자."

쇼가 시작할 때까지 나는 마음을 다스리며 어느 누구에게도 위축된 마음을 표시하지 않으려 애썼다.

오후 3시. 눈은 이미 내 무릎을 넘어설 만큼 쌓여갔다. 참석을 확정한 게스트들의 문의가 빗발치기 시작했다.

"유나, 쇼가 예정대로 진행될지에 대한 문의가 많아."

"초청한 사람들 모두에게 이메일을 보내자."

'Show must go on.

We look forward to seeing you.'

쇼는 계속되어야 합니다.

우리는 당신을 뵙기를 고대합니다.

쇼는 예상 외로 차분히 준비되었다. 20명의 모델들은 폭설에도 불구하고 모두 정시에 도착했고, 어렵게 후원받은 헤어, 메이크업 팀들도 의상에 맞는 헤어, 메이크업을 지체 없이 멋지게 표현해주었다. 옆으로 살짝 내려오는 핑거 컬 헤어에 과하지 않은 스모키 메이크업은 의상들을 더욱 빛나게 해주었다. 스타일링 팀은 정해진 의상들을 차례대로 모델들에게 착장시켰다. 소리 없이 쌓이는 눈송이처럼 쇼 준비는 차분하게 진행되었다.

쇼 시작 10분 전. 커다란 카메라를 든 브라운 컬 헤어를 가진 여성 사진기자가 백스테이지에 들이닥쳤다. 그녀는 내게 다가와 "사진을 좀 찍어도 될까요?"라고 거침없이 물었고, 나 역시 자신 있게 "네, 물론입니다"라고 답했다. 번개같이 모델들을 함께, 따로 촬영하거나 혹은 디테일 샷들을 찍던 사진기자는 순식간에 어디론가 사라졌다. 데뷔 쇼라 10~15분 남짓이면 끝나는 런웨이 대신 모델들이 한곳에서 정지해 포즈를 취하고 있는 2시간짜리 프레젠테이션을 선택했는데, 경쟁이 치열한 뉴욕 패션위크 기간에 한 명의 바이어나 프레스라도 잠시 들렀다 가기를 바라는 마음에서 시도한 방법이었다.

쇼가 시작되고 1시간쯤 지나자 꼿꼿이 서서 포즈를 취하고 있던 모델들도 조금씩 지쳐갔다. 의자를 제공해 힘들어하는 모델들은 잠시 백스테이지에서 쉴 수 있게 도와주었다. 쇼는 순조롭게 진행되었다. 쇼가 끝나갈 즈음, 쇼 시작 전에 백스테이지를 점령했던 사진기자가 다른 여자 손님 한 명과 함께 다시 등장했다.

"디자이너가 누구인가요?"

"제가 유나양입니다."

"포트레이트 사진(인물 사진) 찍어도 될까요?"

내가 물론 찍어도 된다고 답하는 사이, 새로 온 여성이 나에게 자신을 소개했다.

"안녕하세요. 〈우먼스 웨어 데일리〉의 보비 퀸입니다. 다른 쇼 스케줄 때문에 참석이 어려웠는데, 여기 카일 에릭슨 사진기자가 제게 사진들을 보내며 꼭 들렀다 가야 한다고 해서 참석했습니다. 유나양은 이번 컬렉션을 준비하며 어디에서 영감을 받았나요?"

"1920년대 무성영화 시대의 스타 메리 루이스 브룩이 이번 시즌의 뮤즈입니다. 영화배우이자 베스트셀러 작가이기도 했고 처음으로 뱅 헤어스타일(앞머리로 이마를 덮은 헤어스타일)을 시도한 패션 아이콘이었지요. 전쟁에 나간 남성들을 대신해 여성의 사회활동이 활발해지던 시대의 여성상을 컬렉션에 표현했습니다."

"컬렉션이 정말 인상적입니다. 음악도 무척 마음에 들어요. 만나서 반가웠습니다."

〈WWD Women's Wear Daily〉는 '패션의 성경책The bible of Fashion'이라 불리는 매체로 패션디자이너들에게는 공포의 대상이었다. 어떤 외부 환경에도 영향을 받지 않고 컬렉션을 리뷰하기로 유명하고 혹평을 가장 많이 하는, 그래서 무섭지만 그만큼 공정성으로 인정받는 매체였다. 특종을 가장 많이 내는 패션 매체이자, 패션 브랜드들도 단독 기사는 꼭 〈WWD〉와 함께하고 싶어 할 만큼 패션계에서 존경받는 매체였다. 홍보사도 없이 초청장 하나 보낸 것이 전부인 무명의 독립디자이너의 데뷔 쇼에 참석해준 것만으로도 영광이었지만 한편으로는 어떤 리뷰가 나올지 겁도 났다.

쇼를 마치고 정리가 끝난 후 부모님과 호텔로 돌아와 저녁을 먹고 피곤한 몸을 뉘었지만 리뷰가 언제 어떻게 나올지 몰라 밤새 뒤척였다. 아무리 잠을 청해도 자꾸만 눈이 떠졌다. 결국 잠들지 못하고 새벽녘 떨리는 마음으로 찾아본 〈WWD〉 리뷰를 읽은 순간 내 눈을 의심했다. 믿을 수 없을 만큼 긍정적인 리뷰였다.

"매력적인 메리 루이스 브룩과 막 문을 열고 등장한 유나양은 이번 시즌의 확실한 승자Sure Winner다."

온라인에 소개된 뉴욕 패션위크 리뷰 후 〈WWD〉 인터뷰 전문 기자 바네사 라우에게 추가 인터뷰 요청이 들어왔다.

"이번 뉴욕 패션위크 쇼에서 가장 주목받은 컬렉션으로 소개하려고 합니다."

추가 인터뷰 후, 네 가지 색상과 소재로 디자인한 코트가 'Another Dimension(다른 차원)'이라는 이름으로, 나와의 대화는 'Yang's World(양의 세계)'라는 제목으로 〈WWD〉 커버를 장식하며 나의 데뷔 쇼는 대서특필되었다.

"포기해. 불가능한 일이야", "네가 옷을 이 가격에 한 벌이라도
판매하는 건 절대 일어나지 않을 일이라고 내가 지금 확실히 말해
줄 수 있어", "투자는 누가 해줘?", "부모님은 뭐 하시니?", "팀원들
은 누구야?" 데뷔 전 가장 많이 들었던 말들. 프레스나 바이어와
미팅할 때마다 들었던 말들. 나를 기죽게 했던 이 모든 말들이 주
마등처럼 뇌리를 스쳐 지나갔다.

변변한 투자자도 없이, 누가 들어도 네이티브가 아닌 영어 실
력에, 팀이라고는 맨해튼에서 부동산 중개업자로 활동하는 대학

교 때 친구의 친언니, 그 언니가 소개시켜준 헬스트레이너 동생이 전부였던 나에게 하이엔드 패션계는 배타적이었다.

어떤 바이어들은 "브랜드 이름이 너무 이상해서 도대체 어떻게 발음을 해야 하는지 모르겠어요"라고 고개를 갸우뚱거리며 "'양'인가요 '앵'인가요" 물었고, 한 홍보사 직원은 도대체 이런 말도 안 되는 홍보 예산으로 무슨 데뷔 쇼를 하느냐고 대놓고 짜증을 냈다. 한국 출신이라 어렵다는 의견도 지배적이었다. 세계 패션계에서 한국은 중저가 상품들을 훌륭한 퀄리티로 생산해내는 수주국가라는 인식이 강했고, 하이엔드 패션계는 전통적인 패션 강국인 프랑스, 이태리, 80년대 이후부터는 일본과 몇몇 미국 디자이너들의 각축장이었다.

지금 돌아보면 누가 봐도 나의 도전은 무모했다. 오합지졸 패션팀에 미국 패션계 인맥 제로, 든든한 배경도 물론 없는 'fresh off the boat(보트에서 막 내린 사람, 외국에 막 도착한 순진하고 어수룩한 외지인을 일컫는 영어 관용구)' 아시안 여성 독립디자이너 브랜드, 고생만 하다 실패할 게 빤한 길에 박수를 쳐주는 사람은 없었다.

수많은 거절과 무시를 감내하던 중 유일하게 희망을 주었던 미팅은 미국 〈보그〉 지에서 패션위크 전에 브랜드별로 진행한 샘플 프리뷰 미팅 자리였다. 모델처럼 큰 키에 뛰어난 미모를 지닌 에디터가 한눈에 봐도 퀄리티 높아 보이는 포근한 베이지색 캐시미어 스웨터를 입고 긴 생머리를 휘날리며 등장했다. 미모도 뛰어났지만 걸음걸이나 말투도 우아해서 보는 순간 "와, 예쁘다"라는 말이 자연스럽게 터져 나오게 한 멋쟁이 에디터, 제시카와의 첫 만남이었다.

그녀는 베스트셀러를 영화화한 〈악마는 프라다를 입는다〉의 메릴 스트립이 연기한 '미란다'의 실제 모델인 〈보그〉 편집장 안나 윈투어의 어시스턴트로 오랫동안 일하다가 마켓 에디터(새로운 브랜드나 상품을 리서치하고 소개하는 에디터)로 막 발령받은 미녀 에디터였다. 제시카는 내가 가져간 포트폴리오와 샘플 몇 가지를 살펴보더니 내가 가장 마음에 들어 했던 부드러운 실크 시폰 소재 셔츠 드레스를 집어 들고 눈을 반짝거렸다. 그러고는 나를 바라보며 "리치만큼 멋지네요. 디자인 퀄리티가 매우 높군요. 쇼에 꼭 갈게요"라고 말했다.

"리치가 누구인가요?"

"니나 리치요."

그때 제시카가 건넨 말은 마치 내가 언젠가 니나 리치(이태리계 패션디자이너로 파리에서 브랜드를 론칭한 유명 디자이너)같이 패션사에 남는 디자이너가 될 수 있다는 희망처럼 다가왔다. 가뭄에 단비

같은 한마디였다. '유나양'은 이제 데뷔 10주년을 맞는 어엿한 디자이너 브랜드로 성장했다. 나에게 조언을 구하는 이들도 늘어났다.

내 경험을 토대로 나는 사람을 볼 때 지금 현재의 모습으로만 가지고 그 사람을 규정해서는 안 된다고 생각한다. 우리의 능력은 무궁무진하고, 신은 우리에게 적어도 한 가지 이상의 뛰어난 능력을 주었다고 믿게 되었기 때문이다. 내가 크리에이티브 디렉터로서 해야 할 책임은 개개의 사람들이 저마다 지닌 그 한 가지의 능력을 찾아내 극대화할 수 있도록 도와주는 일이라고 생각한다.

내게 조언을 구하는 이들에게 하고 싶은 말이 있다.

"주변에 나의 능력에 한계를 규정짓는 사람들이 있나요? 무시하세요. 한계는 없습니다. 한계는 자신이 스스로를 그 틀에 가두는 순간 생길 뿐이니까요. 나 자신에게 자유를 주어야 합니다. 훨훨 날아갈 수 있는 날개를 자기 자신에게, 또 다른 사람들에게 달아주세요. 나의 아주 작은 한마디가 그 누군가의 인생을 변화시킬 수 있어요."

YUNA YANG 2010 F/W

실패라고 생각한 순간,
나를 일으켜준 것

도전하는 삶

쇼를 본격적으로 준비한 기간은 8개월 남짓이었지만 유럽에서 쌓은 패션디자이너로서의 경력까지 따지면 9년 동안 준비한 컬렉션이었다. 20대의 전부를 데뷔 쇼를 위해 바쳤다고 해도 과언이 아니었다. 밀라노 명품 회사에서 근무하던 시절, 상사로부터 디자이너로서 소질은 있지만 패션계에 맞는 성격이 아니니 지금이라도 다른 분야를 알아보라며 구박받던 기억, 런던에서 일할 때 독립디자이너 패턴실에 난방이 안 돼 한겨울에 발을 동동 굴리며 일하던 기억, 비싼 캐시미어 원단의 앞뒤를 구분 못 하고 재단했다가 쫓겨났던 기억⋯ 나의 20대는 내 부족함을 깨닫는 날들이자 조금 더 나아지기 위해 정진하며 내 인내심을 시험하는 날들의 연속이었다.

　스스로 생각해도 부족함이 많았던 내가 뉴욕 패션위크에 데뷔도 하고 항상 마음에 담아두었던 여성상, 제시하고 싶었던 나만의 미학, 현 시대상을 담은 강인하면서도 아름다운 여성을 표현해냈나는 데 자부심을 느꼈다. 나는 마치 수채화 불감의 두세 가지 색상이 섞여 전혀 새로운 색상을 만들어내듯 여러 가지 색상의 비치는 오르간자와 실크 시폰 소재를 한데 겹쳐 전혀 다른 새로운 색상을 만드는 기법, 혹은 부드러운 소재를 손으로 한 땀 한 땀 주름을 잡아 음영을 준 셔링 기법 등을 이용해 원단이 물 흐르듯 떨어지게 표현하는 동시에 옷의 간결하고 단단한 형태를 잡아주는 과감한 커팅 방법에 대해 항상 고민해왔다. 이런 나만의 현대적인 쿠튀르 기법들이 존경받는 비평가들로부터 긍정적인 평을 받았다는 것에 큰 힘을 얻었다.

부드러운 소재로 주름을 잡아
음영을 준 셔링 기법

좋은 평가를 받아 데뷔 쇼 이후 몇 달 동안 신나는 시간을 보냈을 거라 생각하는 사람들이 많았지만 주변의 짐작과는 반대로 나는 두 달 동안 극심한 디프레션에 빠졌다. 내 안에 있는 모든 것을 다 끄집어내서 컬렉션에 쏟아붓고 난 후 밀려온 허탈감과 공허함 때문이었다. 최대한 아껴가며 준비한다고 했지만 내가 지닌 예산도 거의 바닥을 드러냈고, 간신히 다음 컬렉션을 준비할 수 있을 정도만 남았다. '데뷔 쇼로 실력을 검증받았으니까 이제 그만하고 큰 회사에 취직을 해볼까?', '평생을 디자인하며 비평에 마음 졸이며 살아야 하나. 겁나고 무섭다.' 이렇게 갈피를 잡지 못하고 힘들어하던 나에게 친구가 던진 한마디는 정신을 번쩍 차리게 해주었다.

"네 이름을 걸고 브랜드를 론칭했는데, 당연히 이 정도는 어렵고 힘들 거라고 생각하지 않았어? 이럴 거면 그냥 한국으로 돌아가지 그래."

'그래. 정말 많은 사람들이 나의 이 무모한 도전에 용기를 주고 도움을 줬지. 실망시키지 말자.'

다시 마음을 다잡고 두 번째 뉴욕 패션위크 컬렉션을 준비했다. 주제는 1960년대 미국의 하우스 와이프로, 타이틀은 'My Black Wedding Dress(나의 블랙 웨딩드레스)'로 잡았다. 1970년대 여성운동 직전의 여성상을 대변하는 컬렉션으로 독립적이길 꿈꿨지만 시대의 요구에 순응해야 했던 1960년대 미국 하우스 와이프의 모습을 표현하고자 했다. 이 컬렉션은 〈WWD〉에 'New York's New Wave(뉴욕의 새로운 웨이브)'라는 제목의 두 번째 커버스토리 기사로 실렸고, 나는 〈맨해튼 매거진〉 '5인의 주목해야 할 디자이너', 〈뉴욕 매거진〉 '9인의 디자이너'에 선정되었다.

영감을 받은 이미지들을 스크랩한 2011 S/S 컬렉션 무드 보드

뉴욕에 온 지 8개월 만에 데뷔하고 꿈같은 리뷰를 받으며 주목받는 신인 디자이너가 되었지만 나는 얼떨떨하기만 했다. 나만의 디자인을 해보고 싶다는 단 하나의 욕망으로 컬렉션을 해 나갔음에도 긍정적인 반응들이 이어지자 '아! 패션위크에 데뷔하면 다 이렇게 힘을 불어넣어 주는구나', '뉴욕은 정말 좋은 곳이구나. 신

인 디자이너들을 응원해주는 곳. 아메리칸드림이 이런 거구나'라며 당연한 수순이라고 생각했다.

　자신감이 붙은 나는 세 번째 컬렉션은 기존의 스타일과 전혀 다른 디자인에 도전해보기로 결심했다. 심플하고 도회적인 커리어우먼 스타일의, 지극히 뉴욕적인 디자인이 주류였다. 승리를 상징하는 로열블루 재킷과 금은사를 잔잔하게 소재에 입힌 라메 기법을 응용한 이태리산 저지 드레스 등을 매칭한, 기존의 유나양 컬렉션 미학과는 전혀 다른 파격적인 컬렉션이었다. 내가 가장 자신 있던 기법들을 반복하는 대신 또 다른 도전으로 나를 절벽에 세우는 시도였다. 쇼 장소도 파격적으로 관객들과 거리가 떨어진 채 컬렉션을 보여주는 댄스 시어터로 선정했다.

　타이틀은 'Bright lights & Big City(밝은 빛과 대도시)'. 시골에서 뉴욕으로 상경한 시골 처녀의 맨해튼 적응기를 그린 피비 케이츠 주연의 영화가 영감의 시작이었다. 마치 영화 속 피비 케이츠가 뉴욕에서의 내 모습 같았다. 나를 스타로 만들어준 보비가 쇼를 리뷰하기 위해 참석했다. 이전 쇼들과 마찬가지로 간단히 시즌 콘셉트를 물어보고 자리를 떠났다.

　그로부터 몇 시간 후, 나는 최악의 쇼 리뷰를 받아봤다.

'유나양의 매력이 없어졌다. 심플하고 단조로운 컬렉션.'

새로운 도전은 항상 무섭고 힘들다. 결과를 예측할 수 없어서 위험 부담이 크다. 하지만 예상 가능한 기존의 디사인을 반복적으로 보여주는 디자이너의 컬렉션을 보러 오는 것만큼 지루한 일이 있을까? 예측이 어려운 디자이너로 존재해야만 경쟁이 치열한 뉴욕 패션위크에서 살아남을 수 있다고 생각하기에 나는 지금도 매 시즌 컬렉션 디자인 단계에서 '이번 시즌에 한 피스도 판매되지 않아도 괜찮아'라는 마음으로 나를 다잡는다. 창조적인 결과물에 혹평이 무평보다는 낫다. 디자이너로서든 크리에이티브 디렉터로서든 안주하는 순간 끝난다는 위기감이 항상 마음속에 자리 잡고 있기 때문이다. 물론 이제는 내공이 쌓여 유나양이라는 브랜드의 아이덴티티를 지키며 매 시즌 변화를 주고 있다.

뉴욕 패션계에서 자리 잡고 뻗어나가는 데 가장 중요하다는 세 번째 컬렉션의 도전적인 시도는 회사에 큰 타격을 입혔다. 회사 전화기는 한 달 넘게 울리지 않았고, 나는 패션계의 기대주에서 한순간에 실패한 디자이너로 전락해버렸다. 그 당시 우리 회사의 세일즈 어시스턴트로 일하던 BB는 전형적인 미국 이민자 2세였다. 중동에서 이민 와서 뉴욕시 스태튼 아일랜드에 자리 잡은 중산층 부모님을 둔 그녀의 오빠는 소위 잘나가는 퍼스널 헬스트레이너였다. 컬렉션을 보러 와주는 바이어가 한 명도 없는 날들이 이어졌고 점점 지쳐가던 나에게 어느 날 BB가 다가와 말했다.

"유나, 우리 친오빠가 폭스 영화사에서 일하는 사람을 요즘 트레이닝 해. 영화사 마케팅 팀원들은 공식적인 행사에 참여할 일이 많아서 새로운 디자이너들의 의상에 항상 관심이 많다고 들었어. 한번 부탁해볼게."

그로부터 며칠 후 BB는 "그 사람이 우리 룩북을 마케팅팀에 보여줬는데 그 회사 부사장이 꼭 사고 싶은 의상이 있다고 방문하고 싶대"라는 소식을 전해왔다. 그 순간 나는 '휴, 다행이다. 그래도 한 피스는 팔 수 있겠네' 하고 생각했다.

드디어 약속의 날, 짧은 금발에 패셔너블한 백인 여성이 비서와 함께 등장했다. 그녀는 번개같이 패션위크 데뷔 전 디자인했던 점프 슈트 샘플을 집어 들더니 "이 디자인 너무 마음에 들어요. 구매할게요. 궁금한 점이 있는데 영감을 어디서 받나요?"라고 물었다.

"여성이요. 제 컬렉션은 모두 여성에 관한 것입니다. 여성을 위한. 여성에 의한."

미소를 짓던 그녀는 루이 비통 서류 가방 속 파일에서 사진 세 장을 꺼내 보여주며 말했다.

"저는 줄리아라고 해요. 이건 저희가 올해 가장 주력하는 영화예요. 홍보 의상을 도와줄 디자이너를 찾고 있어요. 관심 있나요?"

"네. 하지만 제가 잘할 수 있을지 생각해보고 연락드리겠습니다."

나를 다시 일으켜 세운 점프 슈트 한 피스

예상치 못했던 제안에 설레고 당황했지만 만약 하게 된다면 파급력이 큰 프로젝트인 만큼 반드시 성공시켜야만 하는 일이라는 감이 왔다. 미팅 후 차분히 줄리아가 전달한 사진들을 리뷰하며 누구보다 잘해낼 수 있다는 확신이 들었다.

1920년대 경제 대공황 시기 유랑 서커스단을 배경으로 한 영화 〈워터 포 엘리펀트〉홍보 의상 캡슐 컬렉션(정기 컬렉션인 봄/여름, 가을/겨울 컬렉션과 달리 제품의 종류를 줄여 작은 단위로 발표하는 컬렉션)은 그렇게 탄생되었다. 1920년대를 주제로 한 데뷔 쇼로 큰 반향을 일으켰던 나의 기사를 읽고 기억하고 있던, 당시 20세기 폭스 영화사 마케팅 부사장 줄리아는 흙 속의 진주를 잘 찾아내기로 유명한 마케터였다. 우리의 협업을 공개하는 영화 프리미어 레드 카펫 행사 전날 나눈 전화 컨퍼런스에서 줄리아의 첫 마디는 내게 의미심장하게 다가왔다.

"유나. 이제 평생을 롤러코스터를 타고 살게 되었는데, 준비되었나요?"

20세기 폭스 영화사와의 협업은 패션계와 영화계에 화제를 불러일으켰고 내가 디자인한 의상들을 입고 영화 프리미어에 참석한 셀럽들은 나의 홍보대사를 자처했다. 나 또한 레드 카펫에서 수많은 플래시 세례를 받는 기회를 가졌다. 바닥을 치던 브랜드 이미지가 단박에 변화하는 마법 같은 순간이었다. 이 일로 브랜드 인지도가 패션계에서 엔터테인먼트계로 확대되었고, 유나양은 미국의 명품 백화점 '삭스 피프스 애비뉴'에 입점하게 되었다. 20세기 폭스 영화사 팀과는 이후에 조지 루카스 감독의 은퇴작인 〈레드 테일스〉 홍보 의상 작업으로 다시 한 번 협업하게 되는 행운을 잡았다.

  가장 실패라고 생각했던 세 번째 컬렉션의 룩북과 한 벌도 판매하지 못했던 데뷔 전 샘플 컬렉션의 점프 슈트 한 피스는 주저앉은 나를 다시 일으켜 세웠다. 인생은 아무도 예측할 수 없다. 그래서 매일이 기대된다. 오늘은 또 어떤 버라이어티한 하루가 시작될까? 우리 모두 가슴을 두근거리며 하루를 맞아보자. 오늘 아무리 큰 시련이 있더라도 또 내일은 어떤 기쁨이 있을지 아무도 모른다. 그래서 인생은 재미있는 것이 아닐까? 이제는 친한 친구가 된 줄리아에게 얼마 전 물어봤다.
  "그때 왜 나를 선택했어?"
  "너를 보는 순간 '이 사람이다'라고 생각했어. 절실함이 느껴졌거든."

〈워터 포 엘리펀트〉 캡슐 컬렉션 백스테이지

영원한 적도
영원한 편도 없다

작은 인연들

뉴욕에 처음 도착했던 순간이 아직도 엊그제 일처럼 생생하다.

오렌지색 큰 슈트케이스에 내가 만든 샘플 일곱 가지(럭키 세븐을 생각하며 꼭 일곱 피스만 가지고 다녔다)를 넣고 맨해튼 패션 디스트릭트(맨해튼 32가부터 43가까지의 6애비뉴와 8애비뉴 사이에 패션기업, 공장, 섬유업체 등이 위치한 지역)를 돌아다니며 생산업체를 찾아 헤맸던 나날들.

이미 인맥이 있던 런던이나 밀라노 대신 뉴욕을 선택한 이유도 맨해튼 한가운데 자리 잡은 패션 디스트릭트 때문이었다. 거대 패션 기업 시스템으로 사리 잡아야 하는 밀라노나 자국 내에 생산

기반이 약해 대부분의 생산지가 유럽 본토인 프랑스 혹은 이태리에 위치하고 있어 장기 출장이 필요한 런던보다는 자본력이나 네트워크가 부족해도 패션 브랜드 창업에 필요한 모든 회사들이 한 지역에 모여 있는 맨해튼이 '조금은 더 쉽지 않을까' 생각되었기 때문이다.

뉴욕 패션위크에 정식으로 데뷔하기 진, 뉴욕에 기반이 전혀 없는 상황에서 나의 디자인들이 상품성이 있는지 리뷰를 받고 마켓 테스트를 하기 위해 세일즈 에이전트(다양한 패션 브랜드들의 컬렉션을 홍보하고 판매하는 에이전트)들에게 샘플을 보여주며 미팅하던 날들 역시 떠오른다. 겨우 관심을 보인 에이전트와 계약했지만 옷을 한 벌도 판매하지 못하는 날들이 이어졌다. 세일즈 에이전트는 "왜 하필이면 지금 브랜드를 론칭하죠? 금융 위기(서브프라임 모기지 사건)가 아직 극복되지 않았어요" 하며 만류했지만 나의 생각은 달랐다. "티파니(미국 고급 주얼리 브랜드)는 경제 대공황 시기에 론칭했어요. 위기는 기회입니다."

나는 변명과 핑계를 가장 싫어한다. 진행한 프로젝트에 차질이 생기면 솔직하게 내가 어떤 부분이 부족했고, 어떤 부분에서 더 성장해야 하는지 정직하게 이야기하는 편이다. 이렇게 에이전트만 기다리고 있을 수 없다는 판단에 리스트를 받아 룩북을 바이어들에게 내가 직접 보내야겠다고 생각했다. 밀라노에서 이력서를 400여 장 보내던 실력을 발휘해 뉴욕, 뉴저지, 코네티컷, 버지니아 등 뉴욕 주변에서 일하는 바이어들에게 룩북과 설명을 첨부한 우편물을 발송했다.

200통 정도 보냈을 때쯤 드디어 뉴저지에 있는 데보라 길버트 스미스에게 연락이 왔다. 유명 디자이너인 나르시소 로드리게즈(캘빈클라인 수석 디자이너를 겸업한 유명 디자이너)를 발굴하고 데뷔시킨 패션계의 존경받는 바이어였다. 떨리는 마음으로 세일즈 에이전트의 쇼룸에서 만났는데 그녀는 내 컬렉션을 한번 대강 쓱 훑어보더니 쇼룸에 있는 우리 브랜드보다 가격이 낮은 다른 브랜드 상품들만 잔뜩 주문하고 떠났다.

'하늘이 무너지는 것 같다는 심정이 이런 거구나.' 내가 영업해 방문한 바이어에게 다른 브랜드 상품들을 태연히 소개하던 에이전트도 얄미웠고 정말 내 컬렉션은 아무도 사지 않는 상품인가 하는 생각에 자신감이 바닥을 쳤다. 당시 룸메이트였던 사라에게 자초지종을 설명하자 그녀가 말했다.

"그래도 그 바이어가 룩북을 보고 너를 만나러 온 거잖아. 자신의 시간을 투자해서…."

'아… 그렇지. 판매로 이어지지는 않았지만 그녀는 뉴저지에서 맨해튼까지 무명 디자이너인 나와 내 컬렉션을 보러 와주었어. 내 룩북만 보고….'

그녀가 시간을 내어준 것에 대해 감사편지를 보내야겠다는 생각이 들었다. 그 뒤로 뉴욕 패션위크 데뷔 쇼 커버 기사가 나간 후 나에게 가장 먼저 축하 인사를 보낸 바이어도, 내 데뷔 컬렉션을 가장 열심히 구매하고 홍보해준 바이어도 데보라였다. 뉴저지 최고급 서버브(도시 외곽지역)에 위치한 데보라의 부티크에서 유나양을 소개하는 트렁크쇼(소수의 VVIP를 위해 개최하는 소규모 패션쇼)가 열렸다.

"고객들의 반응이 뜨거워. 네 실크 저지 드레스 드레이핑(인체를 입체적으로 조형하는 방식)이 예술이래."

사람의 인연이란 참 귀한 것이다. 수많은 바이어와 디자이너들이 난무하는 뉴욕에서 나에게 제일 처음으로 연락을 준 바이어 데보라와의 인연은 나를 한 번 더 성장하게 해주는 발판이 되었다. 다른 사람의 시간에 대해 감사해하는 마음, 사람과의 인연을 귀하게 여기는 마음이 얼마나 중요한지 깨닫게 해준 만남이었다.

그때 나는 모든 상황에서 내 입장만 생각하는 것이 아닌 상대의 입장에서 다시 한 번 헤아릴 줄 아는 지혜를 배웠다. 옷깃만 스쳐도 인연이라고 하지 않나. 우리는 때로 그 인연을 얼마나 쉽게 여기는지. 모든 인연을 감사하게 생각하고 소중하게 여기는 마음이 다른 무엇보다 중요한 삶의 자세라는 것을 깨달았다.

비록 오랜 시간이
걸릴지라도

존재하지 않는 카테고리 만들기

초등학교 2학년 때였다. 담임선생님은 지금까지도 내 기억 속에 생생하게 남아 있는 몇 가지 가르침을 주셨다. 당시에는 공상과학영화에서나 나올 법한 이야기였던, "앞으로는 물도 사서 마시고 공기도 사야 하는 시대가 올 거야. 환경이 나빠지기 때문이지"라는 말씀도 그중 하나였다. 보리차를 유난히 좋아하고 저녁때면 동네 친구들과 배드민턴을 치며 뜀박질하길 좋아하던 어린 나에게 그 이야기는 얼마나 충격적이었는지 모른다. 아직도 그때 선생님의 말씀과 그 말씀을 하실 때의 표정, 입고 계셨던 알록달록한 무늬의 재킷까지 선명하게 기억이 난다. '무서운 세상이 오는구나.'

하루는 선생님께서 칠판에,

A   B

알파벳 에이와 비를 써놓으시고, "에이에서 비까지 갈 수 있는 방법은 몇 가지지?"라고 물으셨다. 나는 손을 번쩍 들고 "셀 수 없어요!"라고 외쳤다. 선생님은 웃으시며 말씀하셨다.

"그래, 이렇게 하나의 지점으로 가는 데는 수많은 방법이 있어. 무슨 일을 하건 그것을 해내는 수많은 다른 방법이 있단다."

지금 돌이켜보면 당시 선생님께서는 초등학교 2학년생들이 이해하기엔 너무나 심오하고 어려운 가르침을 주셨다. 하지만 기억력이 그다지 좋지 않은 나에게도 선생님의 가르침은 깊은 인상으로 남아 있다.

2019년 11월, 전 세계 부호들의 휴양지로 유명한 스위스 생 모리츠Saint Moritz에서의 스토어 오픈 행사를 마치고 기차를 탔다. 알프스 산맥을 넘어 종착역인 이탈리아와 스위스의 국경에 인접한 작은 도시 티라노Tirano의 한 유명 레스토랑에서 피초케리(밀가루와 메밀가루의 비율을 8:2로 섞어 만든 납작한 모양의 파스타 요리)와 화이트 와인을 홀로 즐기고 있을 때, 레스토랑 주인이 말을 걸어왔다.

"혼자 여행하고 계시나요?"

"아니요, 생 모리츠에 출장 왔다가 기차 시간 때문에 티라노에서 하룻밤 머물고 내일 밀라노 말펜사 공항에서 뉴욕으로 돌아가요."

"생 모리츠에 출장을요? 거긴 휴양지인데… 무슨 일을 하세요?"

디자이너 브랜드를 운영 중이며, 밀라노에서 커리어를 시작해 런던을 거쳐 지금은 뉴욕에서 활동하고 있다는 나의 소개에 그는 놀라워하며 말했다.

"정말 용감하시네요. 모험심이 대단해요!"

도널드 트럼프도 별장을 가지고 있다는, 동화 속 겨울 나라를 연상시키는 생 모리츠는 전 세계 부호들이 휴가를 오는, 유럽에서 가장 비싼 휴양지로 유명하다. 생 모리츠 중심가에 위치한 쇼핑가에는 내로라하는 최고가 글로벌 럭셔리 브랜드들의 매장들이 자리 잡고, 브랜드 상품들 중에서도 최고급 라인들을 전략적으로 진열해놓아 전 세계 상위 1퍼센트의 부호들을 유혹한다. 생 모리츠의 온천과 스포츠를 즐길 수 있는 천혜의 자연환경, 하이엔드 레스토랑, 스키장, 아름다운 고성古城을 연상시키는 호텔들은 전 세계 제트족(개인 제트기를 타고 여행을 다니는 부호)들을 알프스 산맥의 작은 마을로 끌어들이고, 글로벌 럭셔리 시장에서 생 모리츠를 가장 중요하게 관리해야 하는 장소 중 하나로 만들었다.

제트족들의 라이프 스타일은 하이엔드 브랜드들이 1년에 두 번 선보이는 정규 컬렉션 시즌 외에 '리조트 컬렉션'이라는 새로운 시즌을 탄생시켰다. 매해 5, 6월경에 발표되는 이 컬렉션은 명칭 그대로 휴양지에서 즐길 수 있는 의상들로, 연말 시즌 식전인 11월 즈음 세일즈 플로워에 선보이기 시작하기 때문에 '홀리데이 컬렉션'이라고도 불린다. 11월부터 다음해 5월까지 긴 기간 동안 판매돼 정규 시즌만큼 하이엔드 브랜드들이 중요하게 생각하는 컬렉션 시즌이다. 그만큼 제트족들이 개인 별장을 소유하고 휴가를 보내는 생 모리츠는 하이엔드 브랜드들에게 꼭 도전해보고 싶은 꿈같은 지역이다. 그러나 이미 세계적인 명품 브랜드들로 가득 차 있어 신규 브랜드에게는 진입 장벽이 높은 곳으로도 명성이 자자하다.

그간 미국과 중동, 아시아 시장에 진출하고 하이엔드 유통기업들과의 협업이 좋은 결과를 낸 것도 뜻깊었지만, 패션의 본고장 유럽에서도 손꼽히는 세계 최고급 휴양 도시인 생 모리츠에서 유나양의 컬렉션이 어떤 반응을 얻을지 두근거렸다. 생 모리츠의 유나양 매장은 에르메스 매장 바로 옆에 위치했는데, 매장 오픈 한 달 후 들려온 소식에 따르면 생 모리츠 진출은 꽤 성공적이었다.

"반응이 좋은 상품들이 많아서 크리스마스 전에 재입고를 서둘러야 할 거 같아. 한 고객은 혼자 다섯 피스나 구매해 갔어. 우리 컬렉션에 반했다고, 기회가 되면 너를 꼭 만나보고 싶다고도 했어. 'YUNA YANG'이라는 브랜드 이름도 진짜 쿨Cool하대!"

생 모리츠 매장

디스플레이

뉴욕 패션위크에 데뷔하기 전부터, 또 데뷔하고 난 후에도 꽤 오랫동안 많은 사람들이 비슷한 조언을 건넸다. 투자를 받아서 회사를 확장하라는 조언, 세컨드 라인(메인 라인보다 가격이 서렴하고 디자인이 대중적인 컬렉션 라인)을 만들어서 조금 더 판매 위주의 디자인에 집중하라는 조언, 가격을 타협하라는 조언, 생산비를 최대한 줄이고 마케팅 예산에 중점을 두라는 조언, 투자라고 생각하고 홍보에 집중해 브랜드 인지도를 쌓고 브랜드를 확장하라는 조언.

하지만 나는 'Clothe talks itself(옷은 스스로 이야기한다)'라는 말을 믿는다. 컬렉션의 퀄리티가 결국엔 브랜드의 성공으로 이어진다고 믿는다. 브랜드를 론칭하고 지금까지 유나양의 기획안에서 변함없이 지켜지는 부분이 있다. '예산, 우리의 에너지, 시간의 가장 큰 부분은 최상의 컬렉션을 탄생시키는 용도로 할애한다.' 이 부분을 만족스럽게 달성한 후, 남은 예산과 에너지, 시간 등을 가능한 선에서 홍보나 마케팅 부분에 사용하는 것이 유나양의 원칙이다.

다양한 조언을 경청한 후, 나는 많은 미팅을 했다. 벤처투자자부터 신인 패션디자이너 브랜드에 집중적으로 투자하는 투자사, 명망 있는 MD(상품 기획을 전문적으로 하는 사람)들부터 유명 백화점 바이어들까지 두루두루 만났다. 하지만 미팅을 계속하면 할수록 나는 통상적인 패션계의 브랜드 전개 과정이 내가 원하는 길과는 매우 다르다는 것을 깨달았다. 조언들의 지향점은 거의 모두 '돈을 많이 벌 수 있는 방법'과 '브랜드를 빠르게 키워 유명한 디자이너로 자리 잡는 방법'에 초점이 맞춰져 있었다. 내가 유나양 브랜드를 시작한 동기와는 매우 동떨어진 목표점이었다.

또한 대부분의 조언들은 전통적인 패션 유통 방식에 기반을 두고 있었다. 최대한 경쟁력 있는 가격으로 상품을 생산해 백화점이나 멀티 브랜드 스토어에 납품하는 방식에 기반을 둔 조언이었다. 가격 경쟁을 위해서는 대량생산이 필수 요소 중 하나였다. 상품을 납품하여 대금을 받기 전에 생산비를 납입해야 했기 때문에(대부분의 유통업체들은 상품 입고 후 한 달 뒤에 대금을 결제한다. 반면 생산업체들은 협업한 적이 없는 신규 브랜드들에게는 생산이 마감됨과 동시에 입금을 요청한다) 신생 패션 브랜드들은 투자자가 필요할 수밖에 없었다.

나는 처음부터 나의 벤치마킹 대상을 글로벌 럭셔리 브랜드로 잡았다. 세계적으로 지명도 있는 럭셔리 브랜드로 자리 잡기 위해서는 최소한 2, 30년은 걸리는 긴 여정이 예상되었지만, 신생 브랜드이자 '니치 하이엔드 브랜드'라고 타협하며 나와 비슷한 위치에 있는 브랜드들만 벤치마킹해서는 경쟁에서 살아남을 수 없다고 생각했다. 지금도 내가 힘든 순간이면 되뇌는 말이 있다.

"꿈은 원대하게!"

2015 S/S 뉴욕 패션위크 'Dream' 컬렉션

꿈을 상징하는 하늘 위 구름에서 영감을 받은 'Cloud Denim(구름 데님)' 룩을 착장한 모델

나만의 방식으로,
나만의 원칙으로

브랜드 아이덴티티 만들기

밀라노에서 처음 디자이너가 되고 싶다고 결심한 순간부터 단 한 번도 변한 적 없는 나의 꿈이자 인생의 목표는 '내가 인정할 수 있는 완벽에 가까운 컬렉션과 명품 브랜드를 키워내는 것'이다. 그 목표를 이루기 위해 나는 'YUNA YANG' 브랜드 포지셔닝을 '니 치 하이엔드 디자이너 브랜드'로 선택했다. 남들과 다른 독특하고 희소가치가 있는 패션 브랜드를 선호하는 소비자들과, 세상의 변 화에 촉각을 세우고 유행을 선도하는 개성 있는 스타일을 가진 전 세계 패션 리더들이 '나만의 스타일'을 원할 때 찾는 브랜드로 키 워내는 것.

유나양 컬렉션은 오트 쿠튀르*haute couture* 수준의 최고급 소재와 한 명의 장인이 처음부터 끝까지 한 벌의 의상을 책임지고 만들어내는 쿠튀르 생산 방식을 고수한다. 여기에 디자이너의 모던한 감성을 더해 '쿠튀르 수준의 퀄리티를 지닌 기성복', '젊은 감각의 쿠튀르'를 만들어내는 브랜드다.

패션 브랜드들은 가격대와 컬렉션의 판매 방식에 따라 다음의 다양한 카테고리로 분류된다.

오트 쿠튀르

최상위 컬렉션 그룹으로 규격화된 사이즈에 따라 생산하는 방식이 아닌, 오직 한 명의 고객을 위해 디자인과 치수 등을 맞춤 제작한 옷들을 소개하는 컬렉션이다. 프랑스어로 '고도의, 고급의'라는 뜻을 가진 'haute'와 맞춤복을 의미하는 'couture'를 조합한 오트 쿠튀르의 시작은 극소수 상류층들을 위한 맞춤복이었다. 매년 1월과 7월 파리에서 개최되는 오트 쿠튀르 패션위크를 통해 새로운 컬렉션들이 소개된다. 최고급 소재를 이용해 숙련된 공방의 장인들의 손을 거쳐 생산되기 때문에 아무나 만들 수 없는, 누구나 가질 수 없는 값비싼 컬렉션이다. 드레스 한 벌에 1억이 넘는 경우가 다반사다. 샤넬, 크리스챤 디올, 발렌티노 등의 명품 브랜드들이 하이엔드 컬렉션과 함께 오트 쿠튀르 컬렉션 라인도 전개하고 있다.

하이엔드 디자이너 브랜드

대부분의 하이엔드 디자이너 브랜드들이 세계 4대 패션위크(뉴욕, 런던, 밀라노, 파리)에서 프레타 포르테prêt-à-porter 컬렉션을 전개한다. 프레타 포르테는 오트 쿠튀르 수준의 기성복 컬렉션이다. 전세계 패션산업을 리드하는 디자이너들은 매 시즌 패션 트렌드를 창조해낸다. 하이엔드 디자이너 브랜드들은 사이즈별로 상품을 생산하지만, 디자이너 특유의 개성이 살아 있는 디자인을 선보이며 브랜드 이미지에 맞는 선별된 유통업체에만 제품을 공급해 대량생산이 아닌 소량생산을 하는 경우가 많다. 발렌시아가, 루이 비통, 구찌, 조르지오 아르마니 등이 하이엔드 디자이너 브랜드로 손꼽힌다. 사이즈에 따라 생산하는 레디 투 웨어ready to wear(기성복) 브랜드 중 진입 장벽이 가장 높고 고가의 상품을 판매하기 때문에 브랜드 인지도를 키우는 데 오랜 시간이 필요하다.

컨템포러리 디자이너 브랜드

하이엔드 디자이너 브랜드보다는 가격이 조금 더 저렴하고 대중적인 디자인을 전개하는 디자이너 브랜드다. 뉴욕의 패션 브랜드들이 선도한 디자이너 브랜드 그룹으로 신인 디자이너들이 신규 브랜드 론칭 시 선호하는 브랜드 그룹이다. 하이엔드 디자이너 브랜드의 감성을 가지면서도 대량생산을 통해 가격대를 낮춘 매스티지masstige 브랜드도 컨템포러리 디자이너 브랜드 그룹에 속한다.

매스 마켓

대량생산과 박리다매를 지향하는 브랜드들이 속한 시장이다. 최근에는 패스트 패션fast fashion의 부상으로 유니클로, H&M, 자라와 같은 매스 마켓 브랜드들이 급부상했다. 하이엔드 디자이너들이 패션위크에서 제시한 디자인과 트렌드를 반영하여 생산한 상품들을 판매하는 경우가 많다.

2010년 뉴욕 패션위크 데뷔 당시, 스트리트 캐주얼 감성의 디자이너 브랜드나 디자인을 절제한 미니멀리스트 감성의 디자이너 브랜드로 양분되었던 뉴욕 패션 시장에 기존에 존재하지 않던 쿠튀르 감성의 '니치 하이엔드 브랜드'로 유나양을 소개하고자 했을 때 주변에서 우려의 목소리가 컸다. 그 무렵 데뷔하던 신인 디자이너들은 진입 장벽이 하이엔드 디자이너 브랜드보다 낮은 컨템포러리 브랜드 론칭을 선호했다.

하지만 기존에 존재하는 카테고리 안에서, 남들이 이미 시도한 것들과 비슷한 종류의 브랜드를 창조해내는 것이 크리에이터로서 의미가 있을까? 나만의 감성에 대한 믿음과 자신감, 꼭 이루어내고야 말겠다는 각오가 있다면 세상의 어떤 일이라도 새로운 방식으로 한번 도전해볼 만한 것 아닐까?

이름만 들어도 아는 명품 브랜드들과 이미 자리 잡은 전 세계의 수많은 디자이너 브랜드들과의 경쟁은 다윗과 골리앗의 싸움이었다. 그보다는 창조적인 마인드로 남들이 시도하지 않은 도전을 하는 것, 나 자신을 믿고 스스로 가장 자신 있는 나만의 개성으로 승부수를 던지는 것, 그렇게 남들이 가지 않는 길을 걷는 것이야말로 내가 생각한, 브랜드를 키워낼 수 있는 유일한 방법이었다.

유럽에서 디자이너로 활동할 때 VVIP 트렁크쇼에 디자이너들을 세일즈로 배치시키곤 했다. 그때 만났던 하이엔드 디자이너 브랜드 고객들은 "조금 더 새로운 것 없나요?", "지난번 파티에서 같은 가방을 든 손님과 마주쳐서 기분이 상했어요" 같은 말을 종종 했다. 그들은 항상 '새로운 것', '남들이 갖지 못한 것'을 찾아다니고 있었다. 나는 밀라노에서 처음 패션에 입문한 순간부터 브랜드를 론칭할 때까지 벽돌을 하나씩 하나씩 쌓아 올린다는 심정으로 하이엔드 디자이너 브랜드의 기초부터 차근차근 배워온 경험을 믿기로 했다. 나는 그전까지는 존재하지 않던 '새로운 카테고리'를 만들어내 오랜 시간이 걸릴지라도 흔들리지 않고 유나양을 니치 하이엔드 브랜드로 키워낼 자신이 있었다.

신생 니치 하이엔드 브랜드에 가장 중요한 점은 '어떻게 브랜드를 알리고 관리하느냐'는 것이다. 대부분의 브랜드들이 시도하는, 이미 모두가 알고 있는 방식만으로는 내가 추구하는 글로벌 럭셔리 브랜드 아이덴티티 구축은 불가능해 보였다. 나는 단순히 판매를 많이 해서 큰돈을 벌고 싶다거나 브랜드가 알려져 개인적으로 유명해지고 싶다는 목표로 이 일을 시작하지 않았다. 나는 내가 추구하는 여성상과 관심이 있는 사회적 이슈를 동시대를 살아가는 사람들과 공유하는 수단으로서 패션이라는 매개체를 선택했다. 또한 세대를 아우르는 컬렉션을 창조해 할머니부터 손녀에 이르기까지 최소 3대에 걸쳐 물려줄 수 있는 옷을 만드는 것, 유나양을 패션사에서 의미 있는 브랜드로 키워내는 것이 내 인생의 목표이자 유나양 컬렉션이 지향하는 목표다. 세상의 일반적인 기준과는 다른 목표를 세웠기에 나는 나만의 방식, 선례가 없는 새로운 방식으로 브랜드가 나아가야 할 길을 구축해야만 했다.

매해 수백 명에서 수천 명의 패션디자인학과 졸업생들이 쏟아져 나오고, 뉴욕 패션위크에서만도 매년 새로운 브랜드가 패션위크 쇼 스케줄 표에 이름을 올린다. 마켓 위크(바이어들이 브랜드에 수주를 하는 주간)에는 수십 개의 새로운 브랜드가 매년 선보인다. 뉴욕만 해도 이 정도니 전 세계를 통합해보면 패션계는 전쟁터다. 새로운 브랜드의 출현과 사라짐이 매일, 매년 반복되는 총성 없는 전쟁터인 것이다.

　브랜드를 론칭하고 나면 대부분의 디자이너들은 비슷한 조언들을 듣고 비슷한 길을 걸으며 서로 경쟁한다. 그러나 나는 패션이 순위를 겨루는 분야가 아니라고 생각한다. 서로 다른 개성을 발휘해 저마다의 새로운 콘셉트와 창조성을 뽐내는 분야라고 여긴다. 모든 디자이너들이 샤넬이나 크리스챤 디올처럼 될 수는 없다. 그렇지만 각자의 목표를 성취하기 위해 노력하는 그 과정 자체만으로도 충분히 의미 있는 도전이다. 게다가 어떤 분야든 회사의 규모나 성장 속도, 매출 혹은 어디에 회사를 세웠느냐 하는 지역성 등으로 우위를 가리는 것은 이제 시대에 뒤떨어진 발상이다. 인터넷으로 연결된 세상에서 SNS를 통해 누구나 친구가 될 수 있는 시절이기 때문이다.

　오늘날 우리는 규모의 경제에서 가치의 경제로 전환되는 시대를 살고 있다. 각자의 개성이 그 어느 때보다 주목받고 중요해진 시대다. 특히 패션은 그 사람만의 개성이나 취향을 직관적으로 가장 잘 보여주는 영역이다. 시절이 이러한데 패션에 순위를 매겨 누가 더 나은지 비교하는 것은 구시대적이다. 주변에서 너무 급하게 브랜드를 확장하거나 대형 백화점에 무리하게 입점해서 브랜드의 퀄리티가 나빠지거나 투자자로부터 원치 않는 프로젝트를 강요받는 경우를 종종 보았다. 그것들은 내가 원하는 길이 아니었다. 조금은 더 어렵게 보일 수도 있고, 시간이 더 오래 걸릴지라도 나는 결심했다.

'나만의 길을 만들어버리자.'

더군다나 나는 창조적인 일을 하는 사람으로서 기존의 가치와 관행에 얽매이지 않는 창의적인 발상으로 세상을 디자인해야 하는 사람이 아닌가.

미국 유명 백화점인 '블루밍데일즈'의 패션 바이어 스테파니는 나의 세 번째 컬렉션부터 여섯 번째 컬렉션을 리뷰하기 위해 가먼트Garment 디스트릭트의 작은 쇼룸에 지속적으로 방문했다. 5년 전부터 시작된 허드슨 리버 프로젝트(맨해튼과 뉴저지 사이에 위치한 맨해튼 서쪽 지역 강가를 발전시키는 도시 재개발 프로젝트) 덕분에 지금은 허드슨강 주위에 럭셔리 콘도와 상가들이 즐비하게 늘어서 있지만, 내가 처음 쇼룸을 열었던 2010년만 해도 38번가와 8번, 9번 애비뉴 사이에 위치한 나의 작은 첫 단독 쇼룸은 하이엔드 바이어들에게 예상치 못한 위치로 여겨졌다. 당시 대부분의 쇼룸들은 미드타운 5번가 혹은 소호Soho에 있었다. 뉴욕 사람들에게 맨해튼 센트럴파크 남서쪽에 자리한 미드타운에서 8번 애비뉴를 지나 서쪽에 위치한 동네는 위험하다는 인식이 강했다. 미국 남부 테네시주에 럭셔리 쇼핑몰을 소유한 한 바이어는 "사진으로 본 옷이 너무 마음에 드는데 쇼룸 위치가 위험해서 못 가겠어요"라며 쇼룸

방문을 단칼에 거절하기도 했다. 이런 생소한 위치에도 불구하고 스테파니는 세 시즌 내리 나의 쇼룸을 방문해 다양한 조언들을 건네주었다.

그녀는 내게 디자인을 조금 더 심플하게 만들고 단가를 낮춰 물량을 늘려 백화점 거래를 해보자는 조언을 했다. 그때마다 매번 나의 대답은 "싫어요"였다. 그 방법은 내가 원하는 길도 아니었고, 시도하기에 아직 적절한 때도 아니었다. 잘하고 싶은 마음가짐이나 잘해낼 수 있다는 확신도 없고, 진정으로 원하는 방향도 아닌데, 단지 기회가 왔다는 이유만으로 그것을 덜컥 붙잡을 수는 없었다. 그건 다른 사람에게 갈 수 있는 소중한 기회를 빼앗는 것이기도 하고, 기회를 준 사람에게도 예의가 아니기 때문이다.

앞에서도 말했지만, 내 꿈은 지역사회 공방과 협업해 최상의 퀄리티의 컬렉션을 만들어 엄마가 딸에게, 그 딸이 또다시 자신의 딸에게 물려줄 수 있는, 최소 100년 이상 지속되는 명품 브랜드를 키워내는 것이다. 그런데 그 당시 스테파니의 제안은 우리가 감당할 수 없는 시기에 다가온, 수락하기에 적절하지 않은 기회라고 생각되었다.

누군가에게는 답답하게 보일지라도 긴 호흡과 멀리 내다보는 안목으로 규모에 연연하지 않으며 일궈내는 단단한 성장. 내가 원하는 유나양의 모습이다. 나는 디자이너로서 하루빨리 유명세를 타야 한다고 생각하지 않는다. 당장에 브랜드 인지도가 쌓이지 않아도 괜찮다. Clothe talks itself. 옷은 스스로 이야기한다. 브랜드의 핵심이자 가장 중요한 경쟁력은 최상의 컬렉션이다. 당시는 특별한 컬렉션을 창조해내는 것에 모든 에너지와 시간을 투자해야 하는 때였다.

스테파니는 내 거절에도 흔쾌했다.

"너 같은 디자이너 처음 봤어. 하지만 난 여전히 너의 컬렉션을 지켜볼 거야. 지금은 네가 준비가 되지 않았지만 우리가 언젠가는 같이 일할 날이 올 거라고 생각해. 너의 색상과 드레이핑 손맛은 최고니까."

한국에서 성실한 부모님의 지원을 받으며 큰 어려움 없이 교육받고 자란 나는 외국 생활을 시작하기 전까지 소위 사람들이 말하는 주류에서 경쟁하며 살아왔다. 내가 다섯 살 때까지 경남 창원에서 살았던 우리 가족은 아버지가 하던 사업이 다행히 성공하면서 대한민국의 가장 큰 도시이자 수도인 서울로 이사를 하게 되었다. 덕분에 나는 강남 8학군까지는 아니지만 지금은 생활환경이나 교육적인 부분에서 살기 좋은 곳으로 손꼽히는 마포구에서 학창 시절을 보내고 명문대학 중 하나인 이화여대를 졸업했다.

순탄한 삶을 살기에 나쁘지 않은 소선을 가졌던 내게 밀라노 어학연수는 악조건 속에서 분투한다는 것이 무엇인지 알려준 새로운 계기였다. 그곳에서 나는 그저 동양의 작은 나라에서 건너온 이방인이자 사회적 약자였다. 밀라노 어학연수를 극구 반대하던 어머니에게 "일본에 겐조(일본계 유명 패션디자이너)가 있다면 한국에는 유나양이 있다고 말하게 만들겠다"며 지금은 나 자신도 기억나지 않는 포부를 밝히면서 설득시키고 준비한 어학연수였다.

밀라노에 처음 도착한 날 어학학교에서 예약해준 택시를 타고 기숙사에 도착했을 때의 당혹스러움은 아직도 잊히지 않는다. 이태리어라고는 'ciao(안녕)'라는 말 한마디밖에 할 줄 모르던 내가 겁도 없이 대학까지 졸업하고 도전한 밀라노 생활의 시작은 낡은 다락방이었다. 열두 명이 함께 사용하고, 샤워실도 하나뿐이던 그 3층짜리 집에는 가장 환경이 안 좋은 다락방이 두 개가 있었는데, 하나는 내 것이었고 다른 하나는 일본에서 요리 유학을 온 셰프의 것이었다. 기숙사에 단 두 명뿐이던 동양인인 나와 그 친구가 다락방을 배정받은 것이었다. 이제는 이름도 가물가물하지만 나보다 열두 살 정도 많았던 옆방 친구는, 자신은 도쿄에서 3년간 열심히 일해 모은 돈으로 1년간 이태리나 프랑스 등 다른 나라에서 어학도 배우고 새로운 요리도 배우며 산다고 했다. 그때까지 나의 인생관이 얼마나 천편일률적이었는지 깨닫게 한, 정신이 번쩍 드는 순간이었다.

평생을 안주하지 않고 도전을 이어가는 삶. 최고의 요리사가 되기 위해 끊임없이 새로운 배움을 익히고자 해외로 연수를 나오는 자세. 내가 대학을 졸업히고 밀라노 이학연수를 떠난 것은 많은 이들이 그렇듯이 졸업 후 으레 대학원을 가거나 대기업 공채로 취직하는 삶을 선택하는 것이 머뭇거려졌기 때문이었다. 대학에 입학하기 전까지는 좋은 대학을 가야만 한다는 강박관념으로 최선을 다하며 살았는데 졸업 즈음이 되니 그것이 맞는 길인지 헷갈렸다.

어학연수를 갈 나라를 선택할 때 영어권인 미국보다는 이태리를 선택한 이유도 안락하고 편안한 길 대신 나 자신을 완전히 새로운 환경에 던졌을 때 내가 한 단계 더 발전하고 성장할 수 있는지 시험해보고 싶었기 때문이었다. 나의 행복이 무엇인지, 내가 언제 가장 행복한지 모르는 삶보다는 나의 능력을 무한대로 생각하고 나 자신에게 기회를 주는 환경을 스스로 만들어보고 싶었기 때문이었다. 일본인 친구는 그 다짐을 다시 되새기게 해주었다.

머리가 맑아지는 순간이었다.

'그래, 역시 밀라노에 오길 잘했어.'

우리는 모두 다르다. 우리 집만 해도 한 배에서 나온 언니와 남동생, 내가 어쩜 그리 다른지 어머니는 종종 탄식한다. "똑같이 내가 낳고 똑같이 내가 기웠는데 왜 이리 다 다르지." 그런데 지금까지의 세상은 이토록 서로 다른 존재인 우리에게 왜 같은 길과 방법으로 같은 성공을 요구했던 걸까? 이제는 성공의 기준도 스스로가 제시하고 그렇게 자신이 만든 길을 걸어야 하는 시대가 왔다.

나는 여전히 매 시즌 컬렉션이 끝나면 '또 이 정도밖에 하지 못했구나' 하며 디프레션에 빠지곤 한다. 그렇다 해도 나만의 길을 만드는 과정 중에 있기에 더 깊이 낙담하지 않으려 한다. 과연 내가 이번 생에 이룰 수 있을지는 모르겠지만, 나의 꿈은 내가 만족할 수 있는 최고의 컬렉션을 만들어내는 것이니까. 나만의 방식으로, 나만의 원칙으로.

드레이핑 디자인 룩

어깨에 힘이 들어가는 순간
모든 것은 끝난다

세상을 잘 사는 법

세 번째 컬렉션의 실패와 20세기 폭스 영화사와의 협업으로 재기한 경험을 바탕으로 나는 브랜드의 아이덴티티를 조금 더 확장하기로 결심했다. 데뷔 후 3년 동안 유나양은 이브닝드레스를 기가 막히게 잘 디자인하는 아시아 여성 디자이너로 패션계에서 유명해졌다. 파티 문화가 발전한 미국 사회에서 이브닝드레스는 한국과는 달리 필수품 중 하나다. 옷만 보면 유럽의 디자이너가 디자인한 드레스 같다는 평가는 우리 옷에 항상 뒤따르는 아이러니한 찬사 중 하나였다. 자연스레 바이어의 주문은 이브닝드레스 위주로 치중되어갔고 그럴수록 나는 점점 불안해졌다.

유나양의 이브닝드레스는 유명 연예인들이 특별한 행사에 입어 언론의 화제가 되었고, 그래미 어워드 수상자 캐리 언더우드는 자신의 뮤직비디오 의상으로 우리 브랜드를 선택하기도 했다. 하지만 내가 원한 건 유나양이 데이 투 이브닝day to evening, 즉 아침부터 저녁까지 시간을 아우르며 입을 수 있는 옷을 만드는 브랜드, 시대상을 반영한 하이엔드 디자이너 컬렉션 브랜드가 되는 것이었다. 그런데 이렇게 가다가는 내가 그저 이브닝드레스 디자이너로 남을 것만 같았다. 페미닌feminine 한 의상으로 유명세를 타며 성장하던 브랜드에 새로운 변화가 필요했다. 2013년 S/S 컬렉션은 브랜드의 터닝 포인트를 만들어낸 시즌이었다.

나는 당시 인기 TV드라마였던 〈뱀파이어 다이어리〉의 주제가를 불러 주목받았던 남아프리카공화국 출신의 4인조 록밴드 시빌 트와일라잇과의 협업으로 뮤직 콜라보레이션을 진행해보기로 결심하고, 시빌 트와일라잇이 속해 있는 음반사 와인드업 레코드의 대표와 미팅을 잡았다. 와인드업 레코드는 그래미 어워드 수상 밴드인 유명 록밴드 에반에센스가 소속된 음반사이기도 했다. 와인드업 레코드 대표 에드워드가 이해할 수 없다는 표정으로 물었다.

"도대체 유나양 브랜드와 시빌 트와일라잇과 무슨 관계가 있쇼? 우리 레코드사에는 여성 싱어늘도 많습니다. 여성 뮤지션과 협업하시죠."

나는 그의 질문에 곧장 대답했다.

"칸딘스키는 음악을 들으면 떠오르는 색상과 형상을 그렸어요. 저도 시빌 트와일라잇의 음악에서 영감을 받은 디자인을 해보고 싶습니다. 시빌 트와일라잇은 다른 록밴드와 다르게 클래식 음악에 기초를 둔 록이라는 점이 유나양과 같아요. 유나양은 전통적인 쿠튀르 기법에 모던한 감성을 담은 브랜드입니다. 분명히 시너지가 날 거예요."

반신반의하던 대표는 신선한 아이디어에 관심이 간다며 진행을 허락했다. 음반사와 유나양 팀원들은 모두 반대했다. 에드워드의 말처럼 여성 뮤지션과의 협업이 어떻겠냐며 이런저런 뮤지션들을 추천했다. 하지만 난 완강했다. 이브닝드레스 컬렉션에서 벗어나 유나양을 하이엔드 토탈 브랜드로 키우기 위해서는 남성 록밴드와의 협업이 시너지를 일으킬 거라고 굳게 믿었기 때문이다. 상반된 두 가지의 요소가 하나로 만났을 때 탄생하는 긴장감은 최상의 창조성을 끌어낸다. 내 디자인 요소 중에서 빼놓을 수 없는 부분이다. 강인함 VS. 부드러움, 정적인 미 VS. 동적인 미, 과감한 커팅 VS. 우아한 소재. 이처럼 예측할 수 없는 신선한 도전과 시도만이 브랜드를 살아남게 할 수 있다고 믿었다.

처음 브랜드를 론칭했을 때 '뉴욕에서 처음 3년을 살아남으면 5년을 버틸 수 있고, 5년을 살아남으면 10년을 살아남는다'라는 말을 수도 없이 들었다. 브랜드가 3년 차에 접어들던 2013년 S/S 컬렉션이 터닝 포인트를 시도할 때라고 믿었다. 우여곡절 끝에 레코드사 마케팅팀과 우리 팀원들을 설득해 기획을 구성했다. 타이틀은 'Close your eye's & See the world(눈을 감고 세상을 봐라)'.

시빌 트와일라잇과 유나양

나는 처음부터 이 프로젝트에는 '패션 필름' 제작이 필수라고 생각했다. 시빌 트와일라잇의 음악과 유나양 컬렉션을 조화롭게 표현해 상영할 수 있는 패션 필름 말이다. 패션 필름으로 시작되는 패션쇼를 기획하고 여러 장소를 물색하던 중 타임스퀘어의 나스닥 타워가 내 마음에 쏙 들어왔다. 사방이 유리로 둘러싸여 있어 아이코닉한 뉴욕 풍경인 타임스퀘어의 현란한 빌보드 전광판들이 한눈에 내려다보이는 곳. 미래지향적인 테크, 벤처 회사들이 상장되는 나스닥 본사의 상징성은 새로운 도전을 시도하는 시즌 콘셉트와 딱 맞아떨어졌다.

또 타임스퀘어는 내가 개인적으로도 맨해튼에서 가장 애착을 가진 곳 중 하나였다. 슈퍼스타 마돈나는 미국 공업도시인 디트로이트 출신이다. 가수의 꿈을 이루기 위해 뉴욕에 도착한 마돈나는 JFK 공항에서 택시 기사에게 이렇게 말했다. "세상의 중심으로 가주세요." 그녀가 도착한 곳은, 타임스퀘어.

이 이야기를 읽고 나는 힘든 일이 있을 때마다 타임스퀘어 한복판에 있는 계단에 앉아 '나는 세상의 중심에 있다. 한 번 더 해보자' 하며 전의를 불태우곤 했다. 타임스퀘어가 내려다보이는 나스닥 마켓사이트에서의 쇼는 'Dreams come true', 꿈이 이루어지는 순간 같았다.

나스닥에서 진행한

2013 S/S 컬렉션 쇼

와인드업 레코드와의 협업 규모는 미팅을 진행할수록 점점 더 커졌다. 패션 필름 제작비부터 대규모 장소를 컨트롤할 지원팀 비용, 시빌 트와일라잇이 라이브 공연을 할 애프터 파티까지 소화하기엔 기존 후원사들의 도움과 우리의 예산만으로는 턱없이 부족했다. 추가로 후원사를 더 물색하던 중, 닉 캐논(미국의 유명 프로듀서이자 뮤지션)이 론칭한 스니커즈 브랜드 홍보팀으로 이직한 전 마케팅 인턴인 줄리아나가 연락을 해왔다.

"패션위크가 가까워 오는데 이번 쇼는 어떤 기획이야?"

내가 시빌 트와일라잇과의 협업, 타임스퀘어에서 열릴 패션쇼, 나스닥 마켓사이트에서 상영될 패션 필름 이야기를 구구절절하게 설명하자 줄리아나는, "내가 담당하고 있는 프로젝트 캔버스도 후원사로 참여하는 데 관심 있는지 문의해볼게. 내부적으로 의논해 보고 다시 연락할게"라며 전화를 끊었다.

닉 캐논이 론칭한 '프로젝트 캔버스'는 그림 그릴 때 사용하는 캔버스 천으로 만든 스니커즈로, 스니커즈를 구매한 사람이 다양한 색상으로 색칠도 하고 장식도 추가하며 자기만의 스니커즈를 만들 수 있는 콘셉트의 브랜드였다.

며칠 후, 줄리아나로부터 메일 한 통이 도착했다.

"유나, 좋은 소식이야. 내가 꼭 너랑 협업하고 싶다고 했어. 세 가지 조건만 네가 오케이 하면 진행이 가능해. 내용 읽어보고 연락줘."

이메일에는 매우 간단한 세 가지 조항이 있었다.

1. 프로젝트 캔버스는 현재까지 그래피티 아티스트(거리에 낙서하는 방식으로 그림을 그리는 아티스트) 등 남성적인 결과물을 만들어낸 디자이너들과 협업을 진행해왔다. 유나양이 여성스러운 스니커즈 디자인을 세 피스 해달라.
2. 프로젝트 캔버스는 맨해튼 남쪽에 위치한 저소득층 청소년을 위한 아트 & 디자인 고등학교를 후원하고 있다. 그 학교에서 마스터 클래스를 진행해달라.
3. 만약 유나양이 만들어낸 세 가지 디자인이 성공적이어서 판매로까지 이어지게 된다면 일정 수익을 위의 아트 & 디자인 고등학교를 후원하는 비영리단체에 기부해달라.

이메일을 읽은 나는 잠시 당황했다. 내가 전혀 생각해보지 못한 조건들이었다.

하이엔드 패션 브랜드 디자이너로 활동하다 보면 가끔은 사치품을 만들어내고 사치를 조장한다는 비난을 듣곤 한다. 그때마다 옷 한 벌이 판매되면 적어도 스물두 명에게 그 이익이 돌아가고 나의 작은 재능으로 많은 사람들의 삶에 도움이 된다는 점을 설명한다.

실크 드레스 한 벌로 예를 들어보자. 누에나방이 낳은 애벌레인 누에는 허물을 네 번 벗은 후에야 번데기로 변한다. 번데기는 실을 토해내 마치 붕대를 감듯이 몸을 보호하기 위한 누에고치를 만들어 고치 안에서 나방이 될 준비를 한다. 누에고치 안의 번데기는 별 탈이 없으면 고치를 뚫고 나방으로 날아오르겠지만 나방이 되기 직전 원사 채집가는 열을 가해 고치에서 한 올 한 올씩 깨끗한 실을 풀어낸다. 그 실이 원단이 되기 위해서는 텍스타일 디자이너와 텍스타일 제작자의 디자인에 따라 염색사, 섬유 코팅사 등의 손을 거친다. 이 원단은 텍스타일 마케터를 통해 패션디자이너에게 전달된다. 디자이너에게 선택된 원단은 주문된 양에 따라 생산되어 디자이너의 영감에 힘입어 패턴사와 재단사, 재봉사를 통해 3D로 제작되고, 하나의 의상으로 완성된다. 완성된 드레스가 스타일리스트, MD와 크리에이티브 디렉터의 컨펌을 거쳐 시즌 컬렉션에 당첨되면 그다음에는 마케터를 통해 바이어에게 소개되고 세일즈 매니저를 통해 일반 고객에게 판매가 된다.

이 과정은 참으로 길고도 지난하다. "이 옷 원가가 얼마예요?"라는 단순한 질문에 가볍게 답변하기에는 옷 한 벌에 수많은 사람의 열정과 시간, 노력이 담겨 있다.

패션에 관심 없는 것이 곧 의식 있는 사람의 태도인 양 여기며 명품 브랜드에 거부 반응을 보이는 사람들에게는 거대한 패션산업이 사회경제에 미치는 영향력에 대해 설명한다. 패스트 패션이 자연환경을 파괴하는 쓰레기를 배출하고, 염료에 쓰이는 화학 용품들로 바다를 오염시키며, 더 낮은 임금을 찾아 제3세계 국가들의 값싼 노동력을 이용하며 인권 문제를 야기하고 있다는 점도 차분하게 설명해준다.

자신에게 맞는 좋은 취향을 가지는 것은 인생의 즐거움이다. 저렴한 옷 여러 벌보다 좋은 한 벌의 옷이 줄 수 있는 기쁨이 분명히 있다.

닉 캐논이 제시한 후원 조건은 내가 가진 능력이 스물두 명의 삶에만 영향을 주는 것이 아닌, 더 많은 사람들에게 영감을 줄 수 있는 재능이라는 것을 깨닫게 해주었다. 미국 생활을 하며 종종 아시아 국가들보다 뒤처져 있는 부분들을 발견하며 놀랄 때가 있다. 유럽이나 아시아에서는 이미 일상이 된 고속열차도 아직 없고, 뉴욕의 지하철은 무척이나 지저분하며 인터넷 와이파이도 너무 느려서 지하철 안에서 사용이 어렵다. 하지만 미국이 세계 최고의 선진국이자 경제 대국으로 자리 잡은 힘은 미국 사회에 단단하게 뿌리내린 봉사와 나눔의 힘이라고 감히 말하고 싶다.

미국에서 성공하기 위해서는 자신이 받은 복을 선순환하지 않고서는 불가능하다. 내가 만난 많은 성공한 미국인들은 기부와 니

눔이 일상화되어 있었다. 나눔은 꼭 경제적인 것에만 국한된 것이 아니다. 자신의 정보나 재능도 나눔과 선순환의 좋은 매개체가 될 수 있다. 꼭 큰 금액이나 많은 시간을 나눌 필요는 없다. 따뜻한 말 한마디, 응원하는 눈빛 하나도 누군가에게는 큰 힘이 될 수 있다는 것을, 나 역시 많이 경험했다.

맨해튼 공립 아트 & 디자인 학교 마스터 클래스

협업 후 진행한 마스터 클래스는 나에게 또 다른 신선한 충격을 주었다. 고등학생들에게 내가 무언가 가르쳐야 한다는 마음으로 시작한 마스터 클래스는 학생들의 날카롭고 총명한 질문들 앞에서 어느새 자기반성의 시간이 되었다.

"유나양은 이미 시그니처라고 불리는 스타일들이 있는데 디자이너로서 지속적으로 브랜드 아이덴티티를 지키면서 새로운 디자인을 창조하는 것이 어렵지는 않나?", "판매를 위해 인기 아이템들을 계속 디자인해야 하는 게 지루하지는 않나?" 등 학생들이 내게 던진 심도 깊은 질문들은 '내가 누군가를 가르치겠다는 거만한 자세로 이 아이들을 만났구나'라는 반성으로 이어졌다.

또한 저소득층 가정의 청소년들을 위한 공립 아트 & 디자인 학교 학생들의 수준이 그토록 높다는 사실에 미국의 저력을 다시 한번 느끼기도 했다. 내가 준 것보다 받은 것이 훨씬 많았던 시간이었다. 영감을 줄 수 있는 사람이 되기 위해 더욱 정진해야겠다는 새로운 인생 목표가 생기게 해준 경험이자, 스펙이나 경력만으로 사람을 판단하는 것이 얼마나 위험한 것인지 깨닫게 해준 경험이었다.

협업의 결과물인 '유나양 X 프로젝트 캔버스 스니커즈'는 대중적인 인기를 끌었다. 이브닝드레스 브랜드로 자리매김할 뻔했던 유나양이 스포티한 스니커즈도 창조해낼 수 있다는 새로운 가능성을 보여준 셈이 되었다.

유나양 X 프로젝트 캔버스 스니커즈

크리에이터로 살아가는 인생은 끊임없이 자기 자신을 벼랑 끝으로 내몰아 매 순간 절박한 심정으로 새로운 도전을 지속해야만 하는 삶이다. 새로운 도전은 매번 어렵고 떨린다. 그러나 그때의 감정은 두려움과 다르다. 두려움은 내가 하는 일이나 가는 길이 무엇인지 모를 때 느끼는 감정이기 때문이다.

크리에이터로서 내 인생의 길을 정한 순간, 나는 사회의 세속적인 혹은 통념적인 '성공'에 대한 가치에 대해 고민하지 않는 쪽을 택했다. 돈이나 명예, 혹은 권력 같은 사회 통념적인 성공은 종종 사람을 새장 속에 갇힌 새처럼 자신 안에 가두게 만든다. 창조적이고 미래지향적인 사고를 저해하는 환경에 자신을 고립시키는 것이다.

사회적인 관습에 따른 성공을 추구하다 보면 작은 성공에도 어깨에 힘이 들어간 재미없는 사람이 되어간다. 인생의 성공이나 사람의 가치가 숫자로 규정되는 삶은 너무 시시하게 느껴지고 아쉽지 않은가. 나는 오늘도 스스로에게 이렇게 외친다.

"어깨에 힘이 들어가는 순간, 모든 것은 끝난다."

유연한 사고와 열린 마음만이 창조적인 사고를 탄생시킨다.

2011 S/S 뉴욕 패션위크
'My Black Wedding Dress' 컬렉션
클로징을 장식한 이브닝드레스

디자인이 전부가 아니다

패션디자이너의 본질

내 인생 첫 번째 직장은 밀라노에 본사를 둔 명품 브랜드 '알비에로 마르티니 프리마클라쎄Alviero Martini Prima Classe'였다. 베이지색 지도가 프린트된 디자인 백으로 유명한 프리마클라쎄는 알비에로가 뉴욕에서 윈도 디스플레이어로 활동하던 시기, '여행'을 주제로 한 쇼윈도 장식을 위해 프린트한 종이 지도를 가방에 부착해서 전시했더니 수많은 사람들이 구매하고 싶다는 요청을 했던 것에서 아이디어를 얻어 론칭하게 된 브랜드다. 밀라노의 명품 거리인 비아 몬테 나폴레오네Via Monte Napoleone에 매장을 가지고 밀라노 패션위크에 참여하는 브랜드로, 내가 일하기 전까지 전 직원이 이태리인으로만 구성되었던 다소 보수적인 회사였다.

　대학을 졸업할 즈음 내 인생에 언제 또 이런 자유로운 선택을 할 기회가 있을까 싶어 결정했던 6개월 어학연수가 내 인생을 이렇게 송두리째 바꿔놓을 줄은 꿈에도 몰랐다. 당시 내가 다녔던 어학학교는 밀라노 중심가 비아 브레라Via Brera에 위치해 있었다. 두오모 지하철역에서 내려 스칼라 광장Piazza della Scala(밀라노의 유명한 오페라 극장이 위치한 광장)을 지나 5분가량 걸으면 어학학교에 다다랐다. 연수를 오기 전까지 나는 한 번도 이 도시를 방문해본 적이 없었다. 밀라노를 어학연수 장소로 선택하게 된 것은 특별한 이유가 있었다기보다 당시 서울에 한 군데밖에 없던 이태리 유학원에서 상담을 받고 가벼운 마음으로 결정한 것이었다. 내가 밀라노에서 지내던 2000년대 초반만 해도 동양 사람들이 많지 않았고, 내가 이태리 말을 할라치면 현지인들은 어린 동양 여자애가 이태리 말을 한다며 신기하게 바라보곤 했다.

　여느 아침처럼 어학학교 등교 전 항상 들르던 에스프레소 바에서 커피를 시키는데 옆에 앉아 있던 할머니가 말을 걸어왔다.

　"어디서 왔어?"

　"한국이요."

　"직업이 뭐야?"

"전 아티스트예요!"

"나도 아티스트인데."

호기심에 이번엔 내가 질문을 던졌다.

"어떤 아티스트예요? 전 그림 그리는 아티스트예요."

"난 옷을 만드는 아티스트지."

순간 나는 의아했다. 그때까지만 해도 옷을 만드는 아티스트란 것이 무엇인지, 옷을 만드는 사람이 어떻게 아티스트인지 잘 몰랐다. 갸우뚱한 표정을 짓는 나를 보고 그녀가 물었다.

"내가 일하는 곳, 구경하고 싶어?"

그렇게 겁도 없이 따라간 곳에서 나는 내 인생 최초의 쿠튀르 공방을 만났고, 그 공간은 내 눈과 마음을 일순간에 사로잡았다.

"와…!"

장인 할머니의 손에 이끌려 방문한 곳은 세계적인 패션디자이너이자 이탈리아 쿠튀르의 간판스타 발렌티노 가라바니의 공방이었다. 그곳에서 나는 한 폭의 그림과도 같은 풍경을 만났다. 공기중에 떠다니는 듯이 하늘거리는 실크 시폰 소재, 장인들이 심혈을 기울여 제작한 자수와 비딩beading들, 중세 시대 공주의 드레스에 달렸을 법한 최고급 프랑스제 레이스…. 나는 나도 모르게 중얼거렸다.

"이건 또 다른 예술이야."

그렇게 하이엔드 패션에 반해 패션스쿨 마랑고니에 입학해 패션 공부를 시작하게 된 내게 이태리 명품 회사에서 일한다는 것은 꿈같은 일이었다.

당시 나는 마랑고니에서 1년 단기 코스를 마치고 한국으로 돌아가 대학원에 진학하거나 취직할 생각을 하고 있었다. 그런 나를 디자인 선생님 마르첼라가 붙잡았다.

"유나, 왜 이태리에서 취직하는 도전을 해보지 않고 한국으로 돌아가려 해? 겁내지 말고 도전해봐. 앞으로 너는 너보다 더 디자인을 잘하는 사람들도 만나게 될 거야. 하지만 걱정 마. 네가 만든 너만의 디자인은 이 세상에 단 하나뿐이야. 디자이너는 세상과 호흡하는 직업이지 학교에 머무르는 직업이 아니야."

마르첼라의 조언에 힘입어 이제 그만 서울로 돌아오라는 어머니에게 나는 "여기서 취직할 거야"라고 선언했다. "얘야, 네가 거기서 어떻게 취직을 하니?"라는 어머니의 물음에 나는 행동으로 보여주었다. 나는 팩스 한 대를 사서 매주 일요일 자정부터 새벽까지 이력서 한 장과 스케치 한 장을 여러 회사들에 보내기 시작했다. 팩스는 도착하는 순서대로 차곡차곡 쌓이는데 주중의 바쁜 시간대에 보내면 바로 쓰레기통에 버려지지 않을까 하는 고민에서 생각해낸 방법이었다.

'그래, 월요일 아침에 출근하면 제일 위에 올라와 있는 팩스 정

도는 한 번이라도 읽어보지 않을까?'

400통 남짓 팩스를 보내고 슬슬 지쳐가던 어느 월요일 아침,
핸드폰이 울렸다.

"안녕하세요. 시뇨르 마르티니('미스터 마르티니'와 같은 존칭)가 당
신을 면접하고 싶어 해요. 오늘 오실 수 있나요?"

시뇨르 마르티니가 누구지? 알비에로 마르티니인가?

심장이 두근거렸지만 마음속으로 깊게 심호흡을 했다.

'침착해야 돼.'

"죄송하지만 오늘은 일정이 있습니다. 내일 오전에 방문해도
괜찮을까요?"

당장이라도 달려가고 싶은 마음이 굴뚝같았지만 차분히 준비
하기 위해 다음 날로 인터뷰 일정을 조정해줄 것을 요청했다.

그렇게 떨리는 마음으로 간 인터뷰 자리에서 마르티니는 예상
외로 나를 따뜻하게 반겨주었다.

"네가 보낸 스케치 봤어. 네가 보낸 팩스랑 이력서를 내가 가장
먼저 발견해서 읽었거든. 그 스케치에 나온 프린지(술처럼 천을 조
각내어 디테일을 낸 디자인) 천 소재는 어디서 영감을 얻은 거지?"

"포트폴리오에 첨부한 스와치(천 조각)처럼 제가 직접 손으로
찢어 제작한 소재예요."

"네 스케치를 보고 놀랐어. 내가 이번 시즌 밀라노 패션위크에 피날레 드레스들 소재로 사용하려고 주문한 소재와 똑같아서. 그래서 꼭 널 만나보고 싶었어."

프린지 스케치 디자인

호의적으로 끝난 인터뷰와는 달리, 외국인이고 경력도 없는 동양 여자아이를 수습 디자이너로 취직시키는 건 말도 안 된다며 손사래를 치던 마르티니의 비즈니스 파트너는 나와의 계약을 차일피일 미뤘다. 채용을 기다리던 나는 마르첼라에게 도움을 청했다.

"교장 선생님과 의논해보자."

마랑고니에서 추천서를 써주고 학교에서 나의 비자 프로세스를 도와주겠다는 조건으로 오랜 기다림 끝에 취직이 되었다.

근무 첫날, 아름다운 코트야드(건물 가운데 위치한 유럽식 정원)를 가로질러 온 나를 보고 리셉셔니스트는 활짝 웃으며 반겨주었다.

"환영해! 매일 오전 9시에 전화해서 취직서류 진행 과정을 물어봐서 어떻게 생긴 사람인지 궁금했는데, 반가워."

그러나 설레는 시작도 잠시, 마르티니의 디자인 실장 그라지아의 혹독한 피드백이 나를 기다리고 있었다. 그라지아는 30년 차 경력의 베테랑 디자이너로 30대에 자신의 이름을 건 브랜드를 파리 패션위크에 론칭해 활발히 활동하다가 마르티니의 디자인 실장으로 스카우트되어 브랜드의 전반적인 크리에이티브한 부분을 맡아서 관리하고 있었다. 그라지아는 자신과 면접도 보지 않고 나의 취직이 결정된 것에 내심 기분이 좋지 않은 상태였다. 그녀의 매일매일 반복되는 질책에 주눅이 들어 실수가 잦아지면서 내 회사생활은 악몽으로 바뀌었다.

하루는 팩스를 제대로 보내지 못해서, 다른 날은 전화를 정확한 이태리어 발음으로 받지 못해서, 또 어떤 날은 브랜드 이미지에 맞지 않게 레드 스칼렛 스커트를 입고 출근해서, 심지어는 월드컵에서 한국이 이태리를 이겨서(2002년 월드컵 당시, 한국이 이태리를 이긴 후 나는 일주일 동안 휴가를 써야만 했다. 이태리 동료들이 너무 속상해서 한동안 나를 보기 힘들 것 같다는 이유 때문이었다)… 이유도 정말 가지각색이었다. 그렇게 두 달 동안의 트레이닝을 마친 후, 그라지아는 나에게 처음으로 바지 디자인을 요청했다.

'실력을 보여주겠어.'

그러나 멋들어지게 디자인한 바지 스케치를 보여주자마자 그라지아는 또 고래고래 소리를 질렀다.

"유나, 너는 디자이너가 무슨 직업인지 알고는 있는 거야? 네가 디자인한 의상이 판매가 되면 그 돈이 최소한 스물두 명의 사람들의 생계를 위해 나누어지는데, 바지 하나에 지퍼를 열 개씩이나 달면 제작 원가가 대체 얼마가 되겠니? 브랜드 이미지상 싸구려 지퍼를 사용할 수도 없잖아!"

그 순간 깨달았다. 그때까지 나는 디자이너가 무슨 직업인지 전혀 이해하지 못하고 있었음을. 나는 멋있고 아름다운 옷을 디자인하는 게 디자이너의 전부라고 생각했다. 하지만 나의 작은 재능이 패션업계를 지탱하는 힘이 될 수도, 협업하는 많은 사람들의 생계에 보탬이 될 수도 있다는 사실을 자각하고 책임감 있게 이 일에 임해야 했었다. 그것이 디자이너라는 직업의 본질이었다.

그라지아의 말이 맞았다. 마랑고니를 월등한 성적으로 졸업하고 명품 회사에 덜컥 취직이 되고 나서 나는 내가 진짜 디자이너가 되었다고 착각했다. 하지만 난 아직 패션디자이너라고 불리기에는 모든 면에서 부족했다. 디자인 능력뿐 아니라 생각의 깊이, 일의 본질에 대한 이해조차 없이 일을 하고 있었던 것이었다.

그날 이후로도 나는 거의 매일 그라지아에게 혼났지만 그날의 깨달음을 계기로 그라지아가 아무리 내게 소리를 쳐도 더 이상 속상하지 않았다. 그녀가 분명히 나에게 배움을 줄 수 있는 사람이라고 받아들여졌기 때문이다. 지금도 종종 그라지아가 했던 말들이 떠오를 때면 혼자 웃음을 짓곤 한다.

"도대체 왜 매일 30분씩 일찍 오는 거야? 네가 전투적인 자세로 아침 8시 30분부터 스튜디오에 앉아 있는 걸 보면 다른 동료들이 스트레스 받아서 창조적인 디자인을 할 수 있겠어?"

"누가 너보고 디자인을 많이 하라고 했어? 디자인은 많이 하는 게 아니야. 잘해야 하는 거지."

"스케치 상에서 아름다운 디자인을 하는 것도 어렵지만, 판매가 되는 아름다운 디자인은 정말 어려운 거야."

내가 디자이너로서의 부족함을 채우고, 더 넓은 세상을 경험하기 위해 회사를 그만두고 런던 센트럴 세인트 마틴스에서 학업을 이어가기로 했을 때 그라지아는 누구보다 적극적으로 추천서를 써주었다. 송별회에서 그녀는 살짝 눈물을 보이며 말했다.

"유나, 네가 떠난다니 정말 슬프다. 너의 앞길에 행운만 가득하길 바랄게."

나에게 패션디자이너라는 직업의 본질을 깨닫게 해준 그라지아. 그라지아의 스파르타식 훈련이 없었다면 지금의 나는 없지 않았을까? 지금도 누군가가 나에게 패션디자이너는 어떤 직업이냐고 묻는다면 "책임을 질 줄 아는 사람이 할 수 있는 직업"이라고 자신 있게 대답할 수 있다.

고마워 그라지아! Grazie a Grazia!

패션으로 소통하라

패션디자이너의 사회적 역할

센트럴 세인트 마틴스에서의 3년은 내 생각의 깊이와 반경을 패션디자이너에서 크리에이터로 넓혀주는 계기가 되었다. 전 세계 패션 천재들이 몰려드는 센트럴 세인트 마틴스 패션 코스 중에서 특히 여성복 디자인 코스는 유난히 경쟁이 치열하고 천재들이 몰리는 코스로 유명하다. 40명 남짓의 정원이 1년이 지나면 30명으로 줄어들고, 졸업 때가 되면 반 정도 남아 중간중간 편입생들로 학생 수가 채워지는 경우도 많다. 대부분의 학생들은 이미 자신의 브랜드를 론칭한 경험이 있거나 최소 타 대학을 졸업했거나 디자이너로 활동한 경력이 있다. 입학 후 처음 몇 달은 복도에서 눈물을 훔치고 있는 학생들을 종종 볼 수 있는데, '이렇게 세상에 나만큼 혹은 나보다 더 디자인을 잘하는 사람들이 많은 줄 몰랐다'는 게 이유였다.

이미 패션디자이너 경력이 있던 나는 센트럴 세인트 마틴스를 다니면서도 짬짬이 일을 하며 학교생활과 현장 경험을 병행했다. 밀라노의 대형 명품 브랜드 시스템을 경험했던 나에게 런던의 독립디자이너 브랜드들에서의 경험은 신선했다. 규모도 훨씬 작고 상품들도 더 독창적이었다. 자금난에 시달리는 브랜드들도 많아서 차비를 경비로 요청하기 미안한 마음에 걸어서 한 시간씩 걸리는 공방을 하루에 다섯 번이나 걸어서 왔다 갔다 한 적도 있었다. 스튜디오에 물이 새는 경우도 있었고 한겨울에 난방이 끊겨 그 당시 하이힐만 선호하던 내가 결국엔 어그 부츠(오스트레일리아산 양모로 만든 방한 부츠)를 사서 신고 재단을 했던 적도 있었다.

런던의 독립디자이너 브랜드들은 규모도 작고 경제적으로 어려움도 있었지만 디자인 퀄리티나 크리에이티브한 면에서는 밀라노 못지않았다. 무엇보다 패션계는 살아남는 것이 중요하다는 사실을 깨달았다. 런던에서의 경험은 내가 뉴욕에서 소규모로 내 브랜드를 론칭할 때 큰 도움이 되었다.

밀라노를 떠나기로 결심했던 가장 큰 이유는 내가 한자리에 안주하게 되지 않을까 하는 위기감 때문이었다. 처음에는 길도 찾기 어렵던 밀라노가 익숙해졌고 하고 있던 일도 점점 적응이 되다 보니 도전 정신이 생기기보다는 '이 정도면 괜찮지 않나?' 하는 내 마음속의 소리가 들려왔다. 그게 두려웠다. 때마침 스카우트되어 입사한, 나보다 꼭 열두 살 많았던 선배 디자이너의 조언은 내 결심을 굳히게 했다. 조르지오 아르마니, 미쏘니 등 밀라노 탑 디자이너 브랜드에서 경력을 쌓은, 모두가 부러워할 만한 이력을 가진 선배는 내게 이렇게 조언했다.

"유나! 10년 후에 넌 네가 어떤 모습이었으면 좋겠어?"

"나는 큰 명품 회사의 디자이너보다는 작게라도 나만의 브랜드를 론칭하고 싶어."

"그렇다면 밀라노를 떠나. 자기 브랜드를 만들려면 좀 더 글로벌한 도시로 가서 패션을 공부해보는 것도 좋을 것 같아."

"어디를 추천해?"

"런던에 센트럴 세인트 마틴스라는 학교가 있어. 더 넓은 세상으로 새로운 배움을 찾아 떠나."

학업과 현장을 경험하며 나는 센트럴 세인트 마틴스에서 진짜 크리에이티브한 마인드가 무엇인지 고민해보기로 결심했다. 최상의 디자인과 창조성을 끌어내기 위한 마인드 컨트롤을 위해, 남들과 다른 기발한 아이디어를 끌어내기 위한 영감을 얻기 위해 철학 공부도 심도 있게 파고들었다. 세인트 마틴스에는 'Cultural Study(문화론적 연구)'라는 과목이 있는데 철학, 문학 등에서 하나의 주제를 선택해 집중적으로 고민하고 논문을 쓰는 과정이었다.

나는 철학자 발터 벤야민을 소주제로, 패션에 담긴 의미와 현대미술과의 비교를 대주제로 정했다. 마르셀 뒤샹의 〈샘〉(변기를 '샘'이라 이름 붙여 전시한 작품), 앤디 워홀의 〈브릴로 박스〉(미국의 슈퍼마켓에서 흔히 볼 수 있었던 브릴로 세제 상자들의 외양을 합판에 실크스크린 기법으로 똑같이 만들어 전시한 작품) 등에 대해 언급하며, 과연 상품으로서의 패션과 상품들을 재현하거나 상품 자체를 예술 작품으로 갤러리에서 전시하는 것의 차이점과 같은 점은 무엇인지에 대해서 연구했다.

카를 마르크스는 《자본론》에서 어떤 물건이 '상품'이 되기 위해서는 '타인을 위한 사용가치'를 가져야 한다고 말했다. 상품은 다른 사람들을 위해 생산된 유용한 물건이어야 한다는 것이다. 아트 갤러리에 전시된 아티스트의 물건들은 '생산자 자신의 욕망'을 충족시키기 위한 것이기 때문에 상품이 될 수 없지만, 패션디자이너의 의상은 생산자인 자신을 위한 것이 아닌 타인을 위해 생산된 물건이기 때문에 '상품'이 된다는 것.

그러나 아티스트들도 판화처럼 판매를 위해 같은 작품을 수십 장씩 찍어내고, 타인을 위한 커미션 작품(구매자에게 의뢰받아 제작하는 아티스트 작품)들을 생산해내는 현실을 경험한 나로서는 디자이너의 철학과 사상을 담은 하이엔드 컬렉션과 예술 작품 사이의 차이점을 인정하는 것이 어려웠다. '아티스트'와 '디자이너'의 경계는 무엇인지에 관한 질문은 내게 아직도 풀지 못한 숙제처럼 남아 있다.

마르셀 뒤샹의 〈샘〉   앤디 워홀의 〈브릴로 박스〉

발터 벤야민은 20세기 철학자로 리프로덕션reproduction(명화들을 엽서나 프린트로 찍어내어 판매하는 것), 사진에 대한 견해 등을 철학의 관점에서 해석한, 현대미술 비평에 없어서는 안 되는 존재다. 그를 논문의 소주제로 삼긴 했지만, 주제 자체가 어려워 한글로 써도 감당하기 어려운 내용을 영어로 써야 하니 더더욱 어려웠다. 결국 첫 번째 논문 심사에서 보기 좋게 낙제가 우려되는 학생으로 분류되었고, 나는 튜터에게 솔직한 심정을 이야기했다.

"주제도 너무 어렵고 영어도 네이티브가 아니라서 이렇게 해서는 논문을 마치는 일이 불가능합니다. 그렇다고 다른 사람에게 논문 대필을 맡기기는 정말 싫어요."

나의 허심탄회한 발언에 학교에서는 캐롤라인 에반스를 도움을 줄 교수로 매칭해주었다. 캐롤라인과의 만남은 디자이너로서의 나의 철학과 패션에 대한 관점을 정리하는 데 결정적인 계기가 되었다. 캐롤라인과의 면담 수업과 논문을 통한 고민들이 너무나 즐거워 졸업 컬렉션 작품 준비보다 더 많은 시간을 논문 완성에 할애할 정도였다. 캐롤라인이 소개해준 수많은 논문들과 철학자들은 나에게 깊은 영감을 주었다.

철학자들의 심도 깊은 패션에 대한 해석과 인문·사회과학자들이 연구한 패션의 역사, 사회적 영향력 등을 읽고 고심하며 논문을 쓰는 동안 패션의 본질에 대한 나의 고민은 더 깊어졌다. 또한 동시대를 살아가는 사람들에게 영감을 주고 사회적 이슈를 컬렉션으로 표현하는 것이 하이엔드 디자이너로서 걸어가야 할 길이라는 것이 명확해졌다.

패션사에 이름을 남긴 디자이너들은 모두 동시대의 고민을 패션으로 소통한 디자이너들이었다. 가브리엘 샤넬은 코르셋으로부터 여성을 해방시킨 최초의 디자이너였고, 움직이기 힘든 볼륨감 있는 스커드 대신 무릎 아래 길이의 일자 스트레이트 스커트를 선보이며 현대 여성의 룩을 창조해냈다. 이브 생로랑은 여성에게 처음으로 남성들이 입는 슈트와 턱시도를 입혀 시대를 반영한 여성상을 제시했다.

나는 지금도 21세기의 여성상에 대해 고민한다. 여성의 아름다움에 대한 전통적인 기준에 반발하고 시대에 맞는 다양한 여성의 아름다움을 제시하기 위해 노력하게 된 데는 런던에서 보낸 3년 반의 시간이 결정적이었다. 당신이 모델처럼 8등신이 아니라고 해서 아름답지 않은 것일까? 우리는 왜 다른 사람의 틀과 기준에 맞춰 나의 아름다움을 규정지으려 할까? 내가 만든 나의 디자인이 세상에 단 하나인 것처럼 우리 개개인은 세상에 유일무이한 아름다운 존재이다.

만일 내가 한 번에 멋지게 논문 심사를 통과했다면 캐롤라인을 만날 수 없었을 것이다. 힘들 때는 힘들다고 말하자. 냉정하게 나 자신에 대해 판단하고 정직하게 사람들에게 도움을 청해보자. 가장 큰 시련이 다가온 순간, 또 다른 문이 열리면서 내가 한 번 더 크게 성장하는 계기가 될 수도 있다. 그때의 나처럼.

세상을 디자인하는 사람

패션디자이너의 책임감

5년간 브랜드를 나만의 속도로 키워온 나는 2016년도부터 적극적으로 사회와의 소통을 주제로 한 컬렉션을 발표하기로 결심했다. 2016년 F/W 뉴욕 패션위크 몇 달 전, 파리에서 종교적인 갈등으로 테러 사건이 발생했다. 그로 인해 무고한 파리 시민들이 사망했고 종교 분쟁에 대한 논란은 더욱 거세졌다. 무슬림 여성들이 머리와 상반신을 가리기 위해 착용하는 히잡을 금지하는 법안을 둘러싼 논쟁까지 생겨날 정도였다.

나는 다양성의 존중은 건전한 사회를 만들기 위한 필수 조건이라고 생각한다. 사상, 종교, 인종, 성별 등 다양한 배경을 인정하고 존중하는 것은 민주주의의 가장 중요한 핵심이자 평화와 공존을 위한 기본 조건이다. 당시 나는 종교적인 차이로 평화가 깨지는 상황이 무척이나 슬펐다. 패션은 만국 공용어다. 서로가 쓰는 언어를 알지 못해도 패션으로 우리는 대화할 수 있다. 음악가는 음악으로, 패션디자이너는 패션으로!

2016년 뉴욕 패션위크 F/W 컬렉션에는 나의 '평화'에 대한 염원이 담겼다. 냉전 시대 종식 이후 유일하게 남아 있는 분단국가에서 성장한 나로서는 평화와 공존에 대한 관심이 더 클 수밖에 없다. 평화를 기원하는 컬렉션 타이틀은 'No Borders(경계를 넘어서)'. 매거진 〈엘르〉, 리아나, 브래드 피트 등을 스타일링하는 존경받는 스타일리스트 데이비드가 쇼 스타일링을 제의해 함께 협업하게 된, 완성도 높은 쇼를 선보인 시즌이기도 했다.

이 컬렉션에서는 상반된 감성의 DMZ 군사경계선 철조망과 하얀색 꽃 형상을 디자인해 프린트한 'Peace(평화)' 텍스타일 디자인, 군복에서 영감을 받아 금사로 짠 레이스 장식을 어깨에서부터 소매 밑단까지 장식한 코트, 하얀색 레이스로 부드러운 울 소재를 뒤덮어 디자인한 니트웨어 등을 소개했다. 모델들의 헤어는 가운데 가르마 부분을 철조망을 연상시키는 지그재그 모양으로 표현했고, 눈 바로 밑에는 반짝이는 큐빅을 부착해 분열과 전쟁의 슬픔을 표현하는 '눈물'을 그려냈다.

2016 F/W 컬렉션에서 눈물을 표현한 큐빅 메이크업

쇼에서 사용될 음악 선정에도 심혈을 기울였다. 기존 쇼에서 이미 발표된 음악을 원곡 그대로 사용하던 것을 한 단계 발전시켜 뉴욕 언더그라운드 신에서 유명한 밴드 스낵캣Snack Cat과 협업해 윤이상 선생님이 한국 전통음악에서 영감을 받아 작곡하신 〈예악Reak〉에 현대적인 요소를 가미하여 재편곡해 소개했다. 윤이상 선생님께서 생전에 기원하신 평화에 대한 염원도 함께 담아내고 싶었기 때문이다. 한국 전통 궁중음악인 종묘제례악(종묘에서 행하는 제향 의식에 사용되었던 음악)에 기반을 둔 서양 오케스트라 심포니 곡인 〈예악〉을 듣고 스낵캣 밴드는 충격을 받았다.

"한 번도 들어본 적 없는 스타일의 음악이야."

쇼에 방문한 게스트들로부터도 "쇼에 쓰인 음악이 도대체 뭐냐?"는 질문도 수차례 받았다. 한국인으로서 위대한 한국의 음악가를 쇼에서 선보일 수 있어 뿌듯했다. 2016년 뉴욕 패션위크 F/W 컬렉션은 편견과 경계가 없는 세상에서 살고 싶은 나의 소망이 표현된 컬렉션이라 개인적으로 애착이 많이 가는 컬렉션 중 하나다.

패션은 역사 속에서 사회현상을 표현하는 좋은 매개체가 되어 주었다. 베트남전쟁에 반대하며 평화를 원했던 1960년대 미국의 히피 집단은 자신들의 사상을 의상을 통해 적극적으로 표현했다. 이들은 자유와 반전운동의 상징인 꽃을 의상과 액세서리에 많이 사용했다. 또한 인종차별에 대한 저항으로 인도나 아프카니스탄의 민속풍 의상이나 동양풍의 자수, 폭이 넓고 긴 스커트를 즐겨 입기도 했다. 히피 패션은 대중적으로 인기를 끌었다.

2020년 여성으로서는 미국 역사상 최초로 부통령에 당선된 카멀라 해리스는 새하얀 바지 정장과 푸시 보우(네크라인에 리본을 둘러 포인트를 주는 스타일) 블라우스를 입고 '승리선언' 연설장 연단에 섰다. 여성 인권 캠페인에서 자주 사용되는 '하얀색' 드레스 코드는 20세기 초 영국에서 여성 참정권을 위해 싸웠던 여성들인 '서프러제트suffragette'를 상징하는 색상이다.

2016년 뉴욕 패션위크 F/W 컬렉션을 시작으로 나는 매 시즌 동시대를 살아가는 사람들과 함께 고민하고 싶은 사회적 이슈를 주제로 컬렉션을 이어오고 있다.

2018년 S/S 컬렉션 'Save the Earth(지구를 지켜라)'는 트럼프의 파리기후변화협정 탈퇴에 반대하고 환경문제에 대한 경각심을 불러일으키기 위해 시도한 컬렉션이다. 맨해튼의 가장 오래된 호텔인 마운트 버논 호텔 앤 뮤지엄(1799년 지어진 호텔로 현재는 박물관으로 사용 중이다)에서 개최된 쇼는 우리의 아름다운 지구를 잘 보존해 다음 세대에 물려주어야 한다는 나의 신념을 나눈 컬렉션이었다.

유나양 컬렉션은 지역사회 장인들과 협업한 다품종 소량 생산품을 시즌리스 컬렉션(시즌과 관계없이 지속적으로 스타일을 소개하는 컬렉션)으로 전개하는 방식으로 한 시즌 만에 소모되는 전통적인 패션 사이클을 부정한다. 또한 맨해튼뿐만 아니라 일본의 섬유 장인, 이태리의 프린트 장인, 스위스의 레이스 장인 등 우리 제품을 판매하는 지역의 장인들과 다양한 방식으로 협업하고자 노력한다. 자연을 훼손하지 않고 지속가능한 패션 컬렉션을 생산하는 것은 유나양의 신념이다.

이와 같은 유나양의 신념을 반영해 2018년 S/S 컬렉션에서는 자연을 상징하는 아름다운 플라워 프린트와 라메 기법을 이용해 은색으로 염색한 망사 소재를 동그라미 모양으로 손으로 직접 자르고 레이스에 바느질해 완성한 전통적인 핸드메이드 쿠튀르 방식의 소재들을 이용했다. 상반된 소재인 플라워 프린트에 캐주얼 룩에 사용하는 스트라이프 디자인이 첨부된 니트 소재를 소매 및 밑단에 덧대고, '닥터마틴'과의 협업으로 비딩을 장식한 묵직한 부츠를 신겨 재미를 더했다.

개개인의 개성과 진정성 있는 사람들의 자아 표현을 위한 브랜드를 모토로 삼는 닥터마틴은 유나양의 브랜드 콘셉트와 잘 맞았을 뿐만 아니라 닥터마틴의 무게감과 유나양 특유의 부드러운 강인함이 조화를 이뤄 쇼에 참여한 모든 모델들에게 "구매가 가능할까요?"라는 호응을 이끌어냈다.

2018 S/S 컬렉션

유나양 보머드레스와 유나양 시그니처 비딩 하이탑 스니커즈를 착장한 모델

2018 S/S 컬렉션

레이스를 동그랗게 잘라 한 땀 한 땀 손바느질로 완성한 보머자켓과

닥터마틴X유나양 협업 부츠를 착장한 모델

박물관 외부에 있는 정원에서 개최한 쇼와 쇼가 끝난 후 진행된 박물관 내부에서의 프레젠테이션 쇼는 성황리에 마쳤다. 이 쇼는 〈NBC〉 뉴스에서 '디자이너 유나양의 뉴욕 패션위크 런웨이는 기후변화를 위한 플랫폼Designer Yuna Yang's New York Fashion Week Runway Is a Platform for Climate Change'이라는 제목으로 보도되었다. 패션계는 환경문제를 일으키는 주범 중 한 분야로 비판받고 있다. 특히 패스트 패션이 인기를 끌면서 한 시즌 입고 버린 뒤 다시 사는 소비 습관은 많은 양의 쓰레기를 배출한다. 검증되지 않은 염료를 사용해 강이나 바다에 오염 물질을 유출한다는 비판도 받고 있다.

〈NBC〉 부 두 이미지

'Save The World' 헤어밴드

〈NBC〉 인터뷰에서 나는 패션디자이너의 사회적 책임에 대해 강조했다. 또한 패션디자이너는 사회 변화의 움직임을 선도할 수 있는 직업이라는 나만의 소신도 밝혔다. 디자이너는 크리에이터로서 세상을 바꿀 수는 없지만, 사회현상을 유심히 살피고 관심을 가짐으로써 영향력 있는 목소리를 낼 수 있다.

디자이너의 본질은 더 아름다운 세상을 만드는 것이고 패션디자이너는 옷을 디자인하는 사람이기보다는 세상을 디자인하는 사람이어야 하기 때문이다.

02

진심의 힘

한 번 뛰어나기는 쉽지만,
항상 잘하기는 어렵다

진정한 프로의 자세

넷플릭스의 인기 다큐멘터리 〈셰프의 테이블〉에도 소개된, 스시 레스토랑 최초로 미슐랭 3스타를 받은 스키야바시 지로의 오너 셰프 오노 지로의 이야기를 담은 영화 〈스시 장인: 지로의 꿈〉에는 이런 문구가 나온다.

'85세가 넘은 지금도 나는 내 인생 최고의 스시를 만들어내고야 말겠다는 꿈을 꿉니다.'

긴자 지하철역에 자리한 지로의 스시 레스토랑은 열 명 남짓한 손님만 받을 수 있는 작은 공간이지만 오바마 전 미국 대통령을 비롯해 유명 인사들의 발길이 끊이지 않는 곳이다. 스시를 예술의 경지로 끌어올린 장인의 정신과 숨결이 깃들어 있는 초밥집이기 때문이다.

전 세계 패션을 리드하는 디자이너들은 2월과 9월부터 뉴욕을 시작으로 1년에 두 번 치러지는 세계 4대 패션위크 쇼(뉴욕, 런던, 밀라노, 파리)를 통해 다음 시즌의 트렌드를 소개한다. 패션계의 가장 중요한 행사다. 패션위크에 참여하는 디자이너들은 이 자리에 모여 전 세계 패션업계의 다음 시즌 트렌드를 창조해내고 공유하며 패션산업을 주도한다. 의상뿐 아니라 헤어 & 메이크업, 무대 디자인, 음악까지 시즌 콘셉트에 맞는 최상의 컬렉션을 선보인다.

유나양 컬렉션은 2010년 데뷔 시즌부터 대부분의 쇼를 유나양 브랜드 로고를 디자인해준 아트 디렉터의 소개로 인연을 맺게 된 시세이도 헤어 & 메이크업 팀의 후원으로 진행했다. 헤어 아티스트 타다시 하라다는 일본의 국보급 헤어 스타일리스트로, 헤어 메이크업 스쿨인 SABFA Shiseido Academy of Beauty and Fashion의 교장으로도 활동하며 후배 아티스트를 키워내는 데도 열심이다. 그의 인터뷰 기사는 〈아사히신문〉 1면에 실릴 정도로 일본에서 장인으로 존경받는 아티스트다.

타다시 하라다와 시세이도 팀과의 협업을 통해 나는 창작자로서 높은 수준의 퀄리티를 지속적으로 보여줄 수 있는 자세와 장인정신에 대해 깊은 영감을 받았다. 지난 10년간 유나양 컬렉션을 뉴욕 패션위크에 소개하면서 나 자신에게 부끄러운 수준의 컬렉션도 있었고, 빠듯한 예산 등 여러 가지 여건상 아쉬움이 많았던 시즌도 있었다. 나조차도 포기하고 싶을 때가 많았던 우리의 지난한 여정을 함께하는 동안 하라다는 유나양 디자인팀에서 건의하는 어떠한 스타일에도 항상 같은 답변을 했다.

"네, 가능합니다. 이번 컬렉션도 기대됩니다."

다다시 하라다.
유나양 뉴욕 패션위크
백스테이지

패션은 아트와 달리 혼자서는 할 수 없는 작업이다. 패션디자이너로서 어떤 결과를 내놓았을 때 그것을 혼자만의 능력이라고 자만할 수 없는 이유다. 디자이너가 추구하는 디자인이나 스타일은 수많은 프로들과의 협업으로 탄생된다. 내 이름을 건 브랜드가 존재하지만 나 자신과 브랜드는 동일시될 수 없다. 팀원들과 마찬가지로 'YUNA YANG'이라는 브랜드를 위해 일하는 크리에이티브 디렉터 'Yuna Yang'으로 존재해야 하기 때문이다.

원단을 제작하기 위해서는 실이 생산되어야 하고, 여기에 텍스타일 디자이너의 능력이 더해져야 한다. 어렵게 탄생한 소재는 패션디자이너를 통해 입체로 그려지고, 재단사와 재봉사의 손길을 거쳐 눈앞에 모습을 드러낸다. 심혈을 기울여 창조한 샘플들은 몇 번의 수정 후 스타일리스트와 크리에이티브 디렉터에 의해 선택된다. 그 모든 과정을 거친 후 선택된 룩들만이 그에 맞는 헤어 & 메이크업과 모델들이 정해진 후에야 마침내 쇼에서 소개된다. 룩 자체가 뛰어나도 그 시즌의 다른 룩들과 하모니가 맞지 않거나 출연이 확정된 모델들과 조화를 이루지 못해 탈락되는 경우도 생긴다. 쇼를 마치고 나면 바이어와 MD에게 소개되고 이들의 의견을 반영하고 수정하는 과정을 거치고 나서야 일반 고객 앞에 놓여진다.

간단해 보일 수 있지만 세상에 선보여진 의상들은 이처럼 치열한 경쟁 끝에 자신들의 무대인 세일즈 플로어에 서는 것이다. 실로 인내심을 요하는 긴 여정이다. 디자이너로서 나는 매일 같은 일을 반복하면서 조금씩 더 나아지기를 바란다. 조금 더 멋진 '유나양' 컬렉션을 창조해내는 구성원으로서 어제보다 조금 더 발전한 오늘의 나를 꿈꾸며. 우리가 함께 창조해낸 멋진 작품들이 세상을 조금 더 아름답게 변화시키길 바라며.

타다시 하라다와 함께한 수많은 컬렉션 협업 중 특히 기억에 남는 협업은 2011년 S/S 뉴욕 패션위크 컬렉션 'My Black Wedding Dress(나의 블랙 웨딩드레스)'와 2014년 F/W 컬렉션이다. 1960년대 미국 하우스 와이프를 주제로 한 2011년 S/S 컬렉션의 헤어는 네덜란드 명화에서 영감을 받은 스타일로 앞부분의 헤어로 리본 모양을 만들어내는 고도의 기술을 요하는 작업이었다. 기술적으로도 어렵지만 2시간 남짓 안에 마쳐야 하는 시간적인 제약은 백스테이지 헤어팀에게 큰 스트레스였다. 물처럼 흘러내리는 러플과 담백한 실루엣을 민트, 누드톤의 부드러운 색상으로 표현해낸 컬렉션 룩들에 리본 모양의 헤어는 화룡점정이었다.
중국 남동부의 마오족의 설화에서 영감을 받은 2014년 F/W 'Butterfly Mother(나비 어머니)' 컬렉션은 마오족의 자수와 화려한 형광 색상들을 현대적으로 재탄생시킨 의상들과 마오족의 전통 헤어스타일을 표현한 헤어스타일로 전 세계 언론의 주목을 받

았다. 2014년 F/W 쇼가 미국 〈엘르닷컴〉의 '가장 인기 있는 쇼'
로 선정된 것을 비롯해 당시 수많은 언론에서 시즌 최고의 헤어스
타일로 손꼽힌 데에는 하라다의 현대적으로 재창조해낸 마오족의
헤어스타일의 공로가 컸다. 어떤 상황에서도 디자이너의 비전을
믿어주고 최고의 성과를 만들어내기 위해 최선을 다하는 그의 자
세에 나는 깊은 감동을 받았다.

　나는 4대 패션 도시에서 일하면서 수많은 프로들과 영감을 교
류했다. 한두 번 대단한 수준의 컬렉션을 선보이는 것보다 더 어
려운 일은 항상 긍정적이고 변함없는 자세로 일정 수준 이상의
퀄리티를 지속적으로 창조해내는 것이다. 태연자약泰然自若. 외부
의 어떤 자극에도 자신만의 흐름이나 결에 동요를 일으키지 않
는 모습은 진정한 프로의 자세이자, 자기 분야의 대가로 가는 길
에서 필수적인 요건이다.
　나는 항상 같은 수준의 창조물을 변함없는 자세로 탄생시키는
타다시 하라다의 능력과 태도에 크리에이티브한 직업에 종사하는
사람으로서 깊은 영감을 받았다. 프로들 간의 성공적인 협업에서
가장 중요한 요소는 서로에 대한 진실된 '존중'이다. 평등한 눈높
이에서 서로를 바라보고 서로에게 영감을 주고받을 때, 너와 나의
능력이 비로소 하나가 된다.

나는 '이상한 동양 여자애'

편견을 극복하는 가장 쉬운 방법

밀라노에서 일할 때부터 수도 없이 들었던 말들이 있다.

"너 한국 출신 맞아? 그런데 왜 패턴이나 재봉을 잘 못해?"

"넌 한국 출신 디자이너인데 왜 스케치는 여러 장 안 해 와?"

심지어 세인트 마틴스 시절에 튜터는 "너 같은 한국 학생은 처음 봤다. 네 부모님은 어디 출신이니?"라는 질문까지 던졌다.

다른 인종들보다 어려 보이는 외모 때문에 브랜드를 시작한 초창기에는 미팅만 가면 "인턴이야? 보스는 언제 오니?"라는 질문을 받았고, 동양 여자 혼자 경영하는 브랜드라고 만만히 여겨 말도 안 되는 계약 조건을 제시하는 경우도 다반사였다. 그때마다 나는 나의 특색 있는 경력과 다른 사람들과는 다른 길을 걸어왔기에 더욱더 창조적이고 새로운 에너지를 불러일으킬 수 있다는 설명을 끊임없이 해야만 했다.

브랜드 론칭 후 초창기에는 항상 이런 이야기를 들었다.

"브랜드명인 'YUNA YANG'은 동양적인 이름이고, 발음하기 어려워. 고가 시장에서 동양적인 브랜드 이름은 성공하기 힘들어. 성은 지키더라도 이름은 영어 이름으로 바꾸면 어때? 알렉산더 왕, 제이슨 우, 베라 왕, 바바라 부이처럼?"

나의 이름 '유나'는 어머니가 지어주신, 어릴 때부터 집에서 부르던 애칭이다. 장손인 아버지가 둘째까지 딸을 낳자 할아버지는 당시 제일 유명하다는 작명소로 달려가셨다. "이다음 자식은 꼭 아들을 낳을 수 있는 이름으로 지어주세요." 할아버지의 간절한 부탁으로 탄생한 내 서류상 이름은 '정윤'. 작명에는 잘 사용하지 않는 한자 '쥐똥나무 정' 자가 들어간 이름이다. 나보다 다섯 살 어린 건강한 남동생이 태어났으니 자기 역할을 단단히 해낸 셈이다.

친지들 사이에서 나는 어릴 때부터 본명 대신 어머니가 부르시던 이름 '유나'로 불렸고, 이태리어로 'J'가 'ㅈ'이 아닌 'ㅇ'으로 발음되면서 본명을 이태리에서 사용하기 어렵게 되자 나는 '유나'를 나의 공식 명칭으로 사용하기 시작했다. 이태리 사람들에게 내 이름을 설명하며 "'Luna(이태리어로 '달'이라는 뜻)'와 비슷한 발음인

'Yuna'야"라고 당당하게 설명하던 내 이름을 이제 와서 버리라는 말은 나의 정체성을 버리라는 것이자 나 자신에 대한 부정으로 다가왔다. 게다가 특이한 이름이니 더 기억에 남을 것 아닌가. 나만의 개성은 곧 나의 경쟁력이지 않은가. 내가 나 자신에게 당당하지 못하다면 과연 다른 사람들이 나를 존중해줄 수 있을까?

자신의 이름을 걸고 비즈니스를 한다는 것은 곧 자신 있다는 의미다. 아시아 이름으로 하이엔드 브랜드를 성공시키기 어렵다는 주변의 만류에 나는 한층 더 오기가 생겼다. 'YUNA YANG'이라는 지극히 동양적인 이름으로 하이엔드 브랜드를 반드시 성공시켜 바람직한 선례를 남기기 위해서라도 꼭 'YUNA YANG'을 브랜드 명칭으로 사용해야겠다고 결심했다.

나는 삼대륙을 경험한 이색적인 경력을 가진 디자이너로 자주 소개되곤 한다. 아시아에서 성장하고 유럽에서 훈련받은 유럽파 뉴욕 베이스 디자이너. 하지만 내가 태어나고 성장한 나의 조국 한국의 정서는 내 컬렉션 안에 항상 녹아 있다. 의식적으로 시도하지 않아도 내 뿌리에서 비롯한 동양적인 감성은 컬렉션 안에 자연스럽게 반영되어 '서양과 동양의 만남'으로 표현된다. 유럽이나 미국 디자이너들이 가지지 못한 '한국인'이라는 아이덴티티는 나만의 개성이자 크리에이터로서 나의 창조물에 +1을 더해주는 나만의 자랑스러운 'secret weapon' 비밀무기다.

2017 S/S 뉴욕 컬렉션 'New Women'은
새로운 시대의 새로운 여성에 대한 이야기를 담았다.

유럽과 미국, 한국의 미학을 한 컬렉션에 담아낸 시즌으로,

한국을 상징하는 색동을 프랑스 공방과 협업하여

현대적인 프린트로 재탄생시켰다.

패션디자이너로 활동하며 가장 어려웠던 점을 꼽으라면 '선입견과 편견'이다. 우리는 종종 우리를 무엇인가로 규정하려드는 사람들을 만난다. 해외에서 활동하는 나는 '이상한 동양 여자애'라는 얘기를 자주 듣는다. 왜 이렇게 자기주장이 강하고, 왜 자신들의 말에 수긍하지 않느냐는 것이 주된 불만들이다.

누군가를 규정지을 때 국가, 성별이라는 기준이 그렇게 중요할까? 21세기를 사는 우리는 인터넷으로 전 세계 뉴스를 실시간으로 접하고, 굳이 여행을 가지 않아도 동영상으로 지구 반대편의 풍경까지 감상할 수 있다. 이런 세상에서 이렇게 시대에 뒤떨어진 마인드라니….

편견에 부딪히면 말로 대응하기보다는 행동으로 보여주어 상대방을 깨우치게 하는 것이 좋다. 사회적 관습과 규범은 누구에 의해 만들어지는가? 19세기까지도 유럽에서는 남성들도 가발을 쓰고 화장을 했으며 치마를 착용하기도 했다. 여성성과 남성성을 규정짓는 기준 자체도 사회적 편견과 관습에 의해 만들어지는 것이다.

나는 세인트 마틴스에서 공부하던 시절 종종 '괴짜'라고 불렸다. 세인트 마틴스의 수업 방식은 특이하다. 정규 수업은 앞서 말했듯이 일주일에 하루, 철학이나 문학 등 인문학을 심도 있게 연구해 논문을 저술하는 'Cultural Study' 딱 한 과목뿐이다. 나머지 시간은 2주에서 4주에 한 번씩 튜터들이 나누어준 한 장 분량의 주제에 대해 과제를 하고, 과제를 바탕으로 크리틱(공개 평가)을 한 후 통과 여부를 결정한다. 만일 한 프로젝트라도 낙제하면 유급 처리된다. 공개 평가 전에는 한 번에서 두 번 정도 튜토리얼(개인 면담)을 받을 수 있는데 대부분의 개인 면담은 자신이 고민한 부분을 교사와 공유하고 조언을 받는 정도다. 다양한 개성을 가진 학생들을 똑같은 방식으로 가르치지 않겠다는 세인트 마틴스만의 교육 철학이다.

패션디자인 튜터였던 하워드는 유명한 일러스트레이터다. 크리스챤 디올의 수석 디자이너 존 갈리아노도 자신의 컬렉션 일러스트를 모교의 교사인 하워드에게 맡길 정도다. 하워드의 드로잉은 마치 에곤 실레의 작품들처럼 선 하나하나가 살아 숨 쉬는 것 같다. 그는 자신이 일러스트레이터이기 때문에 스케치와 기본기를 중요하게 생각하는 튜터였다.

한번은 하워드가 다음과 같은 주제를 과제로 준 적이 있었다.

'현재 너에게 가장 영감을 주는 주제로 오브젝트를 만들어 와라.'

내가 런던에서 살던 집은 런던 서쪽의 바론스 코트 Baron's Court (남작의 마을)라는 이름을 지닌 마을에 있었다. 나는 묘지 문이 닫히는 시간인 8시 전이면 지하철에서 내려 집까지 공동묘지를 가로지르는 지름길을 통해 가곤 했다. 런던의 공동묘지는 우리나라 묘지보다 훨씬 정감 있고, 마치 공원처럼 꾸며져 있어 나는 종종 묘지를 산책로처럼 걸어가곤 했다. 묘지에서 뛰어노는 아이들을 바라보고 있으면 마치 죽어 있는 묘지가 아이들의 생기발랄한 웃음소리에 살아 움직이는 듯한 느낌을 받았다. 삶과 죽음이 공존하는 이곳이 참으로 아이러니하고 재미있다는 생각에 빠져들기도 했다. 하워드가 내준 프로젝트에 나는 묘지의 모습을 촬영하고 내가 그곳에서 느낀 삶과 죽음에 대한 감정을 음악으로 작곡해 영상물을 제작해보기로 했다.

개인 면담을 하는 날, 컴퓨터를 들고 온 나를 보고 하워드는 눈을 동그랗게 뜨며 물었다.

"오브젝트는 어디 있어?"

"컴퓨터 안에 있어요. 보여드릴게요."

영상을 틀자 하워드는, 아름다운 영상에 감탄하면서도 한편으로는 '다른 학생들은 최소한 스케치나 일러스트라도 그려왔는데, 이 아이는 영상을 제작했구나' 하며 당황해하는 눈치였다.

"프로젝트 과제로 오브젝트를 가지고 오라고 했지, 그 오브젝트가 꼭 옷이나 스케치일 필요는 없잖아요."

하워드는 미소를 지으며 말했다.

"그래. 패스시켜줄게. 너 같은 한국 학생은 처음이야."

이 일은 내가 세인트 마틴스에서 '괴짜'라고 불리게 된 여러 일화 중 하나다. 나는 한국에서 온 디자이너는 기술적인 부분은 뛰어나지만 창조성은 상대적으로 약하다는 편견을 깨준 것만 같아 그 닉네임이 싫지만은 않았다.

나는 오랜 시간 머릿속으로 이미지와 콘셉트를 고민하고 정리한 후 단기간에 스케치를 해나가는 방식으로 작업한다. 매일 연상되는 아이디어를 머릿속 한 켠에 마련된 한 항아리에 차곡차곡 쌓아놓았다가 결정적인 순간에 쏟아붓는 격이다.

컬렉션 디자인과 콘셉트를 창작하는 기간 동안에는 명상하듯 하루를 시작하고, 집중력을 최대치로 끌어올리는 일에만 몰두한다. 패션디자이너로 커리어를 시작하면서 내 장점과 단점이 무엇인지에 대해 진지하게 나 자신과 대화하고 나에게 맞는 방법, 창조성을 최대치로 높이는 방법을 고민하고 노력한 끝에 만든 나만의 노하우다.

나는 불안에 쫓겨 '무엇을' 하는지도 모르는 상태에서 행동하는 것을 '열심히'라고 규정짓는 사람들을 가장 경계한다. 도대체 왜 넌 열심히 하지 않느냐고, 혹은 게으르다고 꾸짖는 사람들에게 되묻곤 한다.

"당신이 생각하는 '열심히'는 무엇인가요?"

누구보다 치열하게 고민하고 생각하는 시간을 겉으로 보기에 아무것도 하지 않는 것처럼 보인다고 해서 열심히 하지 않는다고 단정하는 것은 불공평하지 않나? 나의 특이한 디자인 방식은 밀라노에서 일을 시작했을 때부터 단련된 방식이다. 나는 나 자신이 그 누구보다 창조적인 마인드를 가진 디자이너라고 생각하는데, '스케치 잘하고 기술 좋은 동양 디자이너', '동양 디자이너는 기술은 좋지만 창조적이지는 않아'라는 편견을 마주해야 했다. 그 선입견을 극복하기 위해 나는 디자인의 시작점을 창조적 마인드로 잡고 나만의 디자인 디벨롭먼트 노하우를 단련해왔다. 편견을 극복하는 가장 쉬운 방법은 편견이 틀렸다는 것을 실력으로 보여주는 것이기 때문이다.

지금은 에르메스와 버버리의 디자인 컨설턴트로 활동하는 나의 세인트 마틴스 시절 친구는 자신의 피앙세에게 나를 소개하며 이렇게 말한 적이 있다.

"유나는 디자인을 20장 해오라고 하면 달랑 다섯 장만 해왔어. 게다가 다섯 장을 해온 것만 해도 대단하다는 듯한 자세와 표정을 지었지. 놀라운 건 다들 화가 나서 소리를 지르려다가도 유나가 그린 다섯 장의 스케치에 빠져들어 아무 말도 못하고 말았다는 거야."

이제는 '열심히 한다'의 정의가 달라져야 하지 않을까? '열심히 고민해라', '열심히 자신과 대화해라'로.

편견을 주제로 삼은 2019 F/W 뉴욕 패션위크 'Visible' 컬렉션.

남성 쌍둥이 모델이 여성복을 입고 런웨이에 참여해 화제를 모았다.

미국 최대 규모의 백화점 '메이시스' 바잉 디렉터가

코치, 안나 수이 등과 함께 가장 마음에 들었던 컬렉션 중 하나로 선정했다.

'나 자신'으로 사는 사람은
아름답다

메이 머스크

한국에서 결혼을 했거나 자녀가 있는 30대 이후의 여성들은 종 종 자신의 이름을 잊은 채 살아간다. 아무개의 엄마 혹은 아무개의 아내로 불리는 게 일상이며, 이름뿐 아니라 남편의 지위나 사회적 성공 여부, 자식의 학교와 성적 등으로 자신의 위치가 정해진다. 그렇게 '나'라는 자아를 찾아 살기보다는 아무개의 '무엇'이라는 타이틀에 더 의미를 두는 삶을 사는 경우를 자주 보게 된다. 그렇다고 해서 한국 사회가 결혼을 하지 않은 여성들의 자아 성취에 관대한 것도 아니다. 한국에서 싱글로 열심히 일하는 여성들은 종종 기가 세다는 둥 팔자가 세나는 둥 부정적인 시선을 받으며 살아가곤 한다.

20대 초반에 밀라노로 떠나 런던, 뉴욕에서 20년 가까이 치열하게 커리어를 쌓으며 살아온 나에게 사랑하는 모국인 한국의 여성 자아에 대한 인식은 유럽이나 미국과 비교했을 때 아직도 많이 아쉽다.

메이 머스크는 자타 공인 세계에서 가장 잘나가는 아들을 둔 엄마 중 한 명이다. 그녀의 아들 일론 머스크는 스티브 잡스가 사라진 지금, 미국에서 가장 '핫'한 경영자이자 미래를 디자인하는 혁신가이며 전 세계 사람들이 그의 행보를 눈여겨보는 비즈니스계의 스타다.

메이를 내가 처음 만난 것은 2016년 3월, 메트 갈라Met Gala 의상을 의논하기 위해서였지만, 그녀에 대해 처음 알게 된 것은 2014년이었다. 우연히 친한 스타일리스트의 잡지 화보에서 보게 된 백발의 모델은 무척이나 매력적이었고 멋졌다. 뉴욕 외곽의 오래된 성에서 찍은 화보에는 백발의 모델이 고딕 스타일의 드레스를 입고 고함을 지르고 있었다. 그녀의 카리스마가 마음에 쏙 들었던 나는 '메이 머스크'라는 모델의 이름을 수첩에 적어놓고 '다음에 꼭 한번 같이 작업해봐야지'라는 결심을 했었다.

그 후 메트 갈라 의상 섭외를 위한 이메일을 받았을 때 나는 2년 전에 잡지에서 보았던 그녀의 이름을 기억해냈고, 함께 작업해보고 싶었던 바람이 이루어져 무척 신이 났었다. 그때도 난 메이가 일론 머스크의 어머니인지 알지 못했다.

메트 갈라 의상 미팅 자리에서 처음 만나게 된 메이는 겸손한 태도로 디자이너인 나를 존중했다. 30년 넘은 경력을 가진 프로 모델로서 프로페셔널하게 행동하는 그녀가 인상적이었다.

"유나! 나는 모델이고 너의 옷을 표현해낼 준비가 되어 있으니 편하게 너의 작품을 입혀봐."

메이와의 대화를 통해 그녀가 이혼 후 자식들의 교육을 위해 남아프리카공화국에서 캐나다로 이주, 싱글맘으로 세 자녀를 교육시켰다는 점을 알고 무척이나 놀랐다. 아이들에게 교육을 시키기 위해 다섯 개의 직업을 갖고 일하면서도 자기 자신의 커리어 계발을 위해 석사 학위를 두 개씩이나 딴 강인함에도 감탄했다. 그녀는 일론이 유명 인사가 된 지금도 '일론의 어머니'가 아닌 '모델 메이 머스크'라는 온전한 이름으로 커리어 정상에 우뚝 서기 위해 최선을 다하고 있었다. 그 모습을 알기에 나는 사람들이 메이를 '일론의 어머니 메이 머스크'로만 규정짓는 것이 아쉽고 불공평하게 느껴졌다.

일론은 페이팔의 성공 후 안주하지 않고 더 큰 꿈을 향해 위험 부담을 감수하고 또 다른 영역에 도전해왔다. 남들이 가지 않는 길, 다음 세대를 위한 미래를 여는 사업에 과감히 도전하는 그의 모험심은 어머니 메이를 꼭 닮았다는 생각이 들었다.

그녀와 대화를 할수록 나는 그녀의 인생을 바라보는 자세에 깊이 감동했다. 내 안에서 디자이너로서 일론의 어머니라는 타이틀에 가려진 모델 메이의 모습을 끌어내고자 최선을 다하고 싶은 열정이 샘솟았다. 메이를 2016년 메트 갈라 레드 카펫에서 최고로 빛나는 모델로 만들고 싶다는 욕심도 생겼다.

미팅 후 첫 번째 피팅을 한 날 메이는, "유나! 너의 노력에 진심으로 감사하고 내 옷을 만들어준 유나양의 공방 장인들에게도 감사해"라며 "우리의 이야기는 새로운 여성의 이야기, 도전하는 강한 여성들의 만남"이라고 힘을 실어주었다.

메이의 강인함을 표현하기 위해 내가 선택한 색상은 승리의 컬러인 로열블루였다. 그녀의 도전 정신을 보여주기 위해 드레스 대신 중세 시대 남성들이 착용하던 케이프에서 영감을 받은 점프 슈트 스타일의 바지 정장을 디자인했다. 2016년 메트 갈라 주제였던 '테크놀로지와 패션의 만남' 주제에 맞춰 나는 다른 브랜드들이 금사, 은사, 비딩 등을 이용한 테크노룩들을 선보일 것으로 예상했다. 반짝거리는 이브닝드레스 일색인 레드 카펫에서 장식을 최대한 절제하고 강렬한 로열블루 색상과 담백한 실루엣으로만 표현된 점프 슈트를 입은 메이는 빛났다.

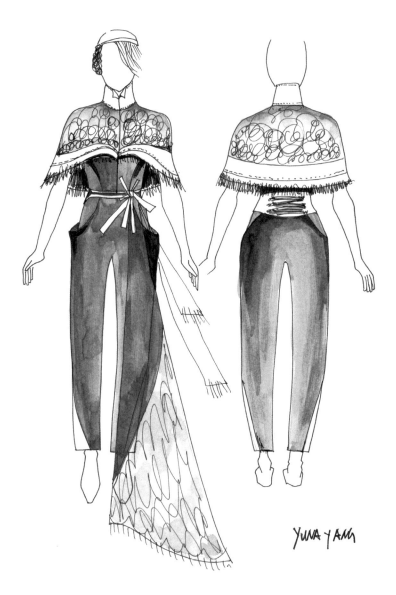

메이 머스크 메트 갈라 의상 스케치

메트로폴리탄 박물관의 기금 마련을 위해 매해 5월 열리는 자선 행사인 '메트 갈라'는 패션계의 오스카라 불리는 세계 패션계의 가장 큰 행사다. 메트 갈라에 초청받은 유명 인사들이 레드 카펫에서 선보인 의상들은 오스카 레드 카펫만큼 파급력이 있어 샤넬, 루이 비통, 구찌 등 내로라하는 세계적인 명품 브랜드들이 사활을 걸고 메트 갈라 레드 카펫 의상을 선보이기 위해 경쟁한다. 메트 갈라 의상은 기존의 컬렉션 의상이 아닌 매해 주어진 주제에 적합하게 디자이너가 새로 창조해내야 한다. 결과물을 미리 예측하기 어렵기 때문에 행사에 참석하는 셀러브리티들은 위험 부담이 적은, 이미 유명한 명품 브랜드를 안전하게 선택한다.

2015년 메트 갈라의 타이틀은 '유리를 통해서'로, 중국 문화와 패션을 주제로 삼았다. 이는 경제 대국이자 명품 소비국 세계 1위를 넘보는 중국 시장의 힘을 보여준 전시로, 수많은 중국 부자들의 후원에 힘입어 메트 갈라 사상 최대 규모로 긴 역사를 가진 중국 문화를 고급스러운 패션으로 풀어냈다. 전시회장에서는 치파오(중국 전통 의상)를 입고 온 중국 관객들을 쉽게 찾아볼 수 있었고, 그들의 중국 문화에 대한 자부심을 느낄 수 있었다. 오프닝 레드 카펫 행사에서는 셀러브리티들이 중국 디자이너들의 의상을 입고 카메라 앞에서 포즈를 취했고, 명품 회사들은 앞다퉈 중국 문화를 소재로 한 의상들을 니사인해 소개했나. 마치 나음 세내는 중국 디자이너들의 전성기라고 선언하는 듯 보였다. 전시장을 나서는데 나도 모르게 눈물이 흘렀다.

'난 언제쯤 메트 갈라에 참여해볼 수 있을까?'

유럽에서 일자리를 구하기 위해 면접에 가면 이력서를 읽어보기도 전에 "일본 사람이야?" 하며 반갑게 맞아주던 경험을 자주 했다. 1990년대와 2000년대 중반까지 일본은 세계 명품 시장의 큰손이었고, 유럽 사람들의 일본 문화에 대한 관심과 존경심은 매우 컸다. 그 당시 명품 브랜드에서는 적어도 한두 명의 일본 출신 디자이너를 고용하는 것이 트렌드였다. 그래서였을까? 내가 "아니, 난 한국 출신이야"라는 대답을 하면 면접관은 실망한 기색을 숨김없이 내보이곤 했다. 뉴욕 패션위크를 거치며 뉴욕 패션시장에서 고아가 된 심정으로 버티던 내게 중국을 주제로 한 메트 갈라는 또 한 번 나를 주눅 들게 했다.

수많은 명품 브랜드들의 러브콜을 마다하고 한국이라는 생소한 나라에서 온 젊은 동양인 여성 디자이너에게 의상을 맡긴다는 것은 일종의 모험이다. 메이 머스크가 일론의 어머니로 불리는 것에 만족하는 여성이었다면 절대 선택하지 않았을, 위험 부담이 큰 도박이었다. 우리의 협업은 이내 화제를 불러일으켰고 메트 갈라 전날 보도된 〈뉴욕타임스〉 기사에는 메이와 유나양 팀의 피팅 사진이 대문짝만 하게 실렸다.

2016년 메트 갈라 레드 카펫에 선 메이는 그 누구보다 빛났다.
메이의 아름다운 모습을 보고 누가 감히 여성의 아름다움은 젊음
에만 한정된다고 말할 수 있을까?

메트 갈라 이후 메이의 커리어는 나의 바람대로 훨훨 날아올라
이제는 어느 누구도 그녀를 '일론의 어머니 메이 머스크'라는 타
이틀로만 소개하지 않는다. 메이는 69세에 미국의 트렌디한 화장
품 브랜드 '커버걸'의 모델로 발탁되어 20대의 슈퍼모델들보다 더
화려한 커리어를 뽐내고 있는 중이다.

메이의 70살 생일은 미국의 유명 패션지 〈하퍼스 바자〉와 메이
가 모델로 활동하고 있는 화장품 브랜드 '커버걸'이 공동 주최하
여 성대하게 치러졌다. 일흔이 넘은 지금도 모델로서 최고의 위치
에 남기 위해 끊임없이 최선을 다하는 그녀의 자세는 젊은 모델들
과 패션계 후배들에게 좋은 귀감이 되고 있다.

'일론의 어머니'로 불리기보다는 '모델 메이 머스크'로 불리기
를 원하는 그녀의 모습은 많은 영감을 불러일으킨다. 직업을 가질
수 있다는 것에 대한 감사한 마음, 어려운 시간을 이겨내며 체득
했을 겸손한 자세, 함께 일하는 사람들에게 감동을 주는 매너, 자
신이 어떤 위치에 있는지와 관계없이 자신이 가진 꿈을 위해 포기

하지 않고 끊임없이 도전하는 열정. 일론 머스크가 성공한 이유는 어머니의 이러한 자질들로부터 깊은 영향을 받은 덕분이 아닐까?

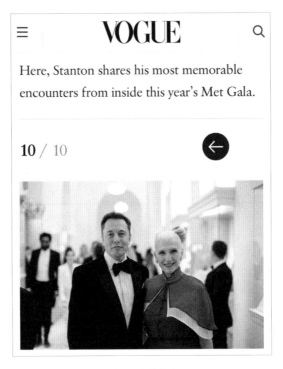

일론 머스크와 메이 머스크

많은 여성들의 귀감이 되는 메이 머스크와 함께

다양성,
미의 새로운 기준

대샤 플란코

대샤 플란코는 인스타그램 팔로어가 280만 명이 넘는 인플루언서이자 인기 배우다. 그녀는 여성 죄수들의 이야기를 그린 넷플릭스 히트 드라마 〈오렌지 이즈 더 뉴 블랙〉(미국에서 여성 수감자들의 유니폼은 오렌지색이다)에서 주연을 맡아 일약 인기 스타가 되었다. 대샤는 도미니카공화국 출신의 부모를 둔 이민 2세대로, 헌터대학교에서 심리학을 전공하고 조금은 늦게 배우로 데뷔했다.

그녀는 미국 〈보그〉와의 인터뷰에서, "나는 인스타그램 팔로어가 100만 명이 넘고(2016년 기준) 인기 스타인데 명품 디자이너 브랜드들은 나에게 자신들의 의상을 입히고 싶어 하지 않는다"라고 말하며, 모든 여성이 사이즈 2(S 사이즈) 체형도 아닌데 왜 명품 브랜드들은 여전히 마른 XS 사이즈의 셀러브리티들만 선호하는지 이해할 수 없다고 자신의 생각을 밝혔다. 그녀의 인터뷰를 보고 나는 대샤의 홍보팀에게 연락했다.

"다음에 대샤가 큰 행사에 갈 때 유나양과 협업하자."

2016년 MTV 뮤직비디오 어워드 시상식 행사를 위한 대샤와의 협업은 디자이너로서 나의 행보를 반성하는 계기가 되었다. 그동안 나는 쇼를 준비하거나 협업할 때 깊은 고민 없이 S 사이즈의 모델이나 셀럽들과 작업을 해왔고 그것이 당연한 선택이라고만 생각해왔다. 하지만 대샤와의 협업을 통해 S 사이즈가 아닌 여성도 얼마든지 아름답고 패셔너블할 수 있다는 사실을 깨달았고, 그 표본을 만든 것 같아 기뻤다.

원 숄더의 파격적인 탑과 비딩이 잔뜩 데코레이션된 스키니 진에, 허리에 롱 테일 벨트를 묶은 대샤는 행사 장소로 출발하기 직전까지도 나에게 물었다.

"유나, 나 보기에 어때? 괜찮아?"

기존의 롱 이브닝드레스가 아닌 파격적인 의상은 대샤이기 때문에 자신 있게 입힐 수 있었다. 위험 부담을 감수하고 명품 브랜드들에게 일침을 가할 수 있는 자신감과 지성, 자신의 성공을 선순환하기 위해 모국인 도미니카공화국에 학교를 세워 경제적으로 어려운 학생들에게 교육의 기회를 제공하는 선행은 대샤만의 고유한 아름다움이었다.

대샤의 MTV 시상식 행사 의상은 내가 유나양 브랜드의 이익만을 생각했다면 시도하지 않았을 도전이었다. 중요한 행사에 참석하는 셀러브리티들과 협업을 준비하는 과정에서 나는 나 자신을 백지장처럼 만들어, 내가 아닌 그녀들을 위한 의상을 디자인할 수 있도록 마음속으로 주문을 건다. '유나양'이 아닌 오롯이 '그녀들을 위한 유나양'이 되기 위한 과정이다.

"대샤, 이 의상을 입고 네가 MTV 시상식 카펫에 서면 아마 수많은 매체들이 너를 주목할 거야. 그중 절반은 '멋지다'라고 말하겠지만, 분명히 다른 절반은 '우스꽝스럽다, 이상하다'라고 할 거야. 너에게 필요한건 'buzz(사람들의 웅성거림)'야. 넌 행사에 참석한 어떤 셀러브리티보다도 주목받을 거야. 네가 얼마나 멋진 여성인지 보여주자."

새하얀 카펫 위에 선 대샤는 내 예상대로 언론의 극찬과 비난을 한꺼번에 받아야 했다. '뚱뚱한 여성이 입기엔 과한 디자인', '우아함을 잃은 과도한 디자인', '유나양의 기존 디자인은 우아하고 아름다운데 왜 대샤에게는 과격한 의상을 입혔나' 등의 비난과

'오늘밤 가장 패셔너블했던 셀러브리티', '섹시하고 멋지다' 등의 찬사가 그녀에게 동시에 쏟아졌다. 대샤는 그해 〈피플〉 지의 '올해의 패셔니스타'로 뽑히는 영광을 안았다.

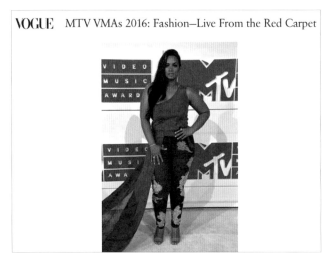

VOGUE MTV VMAs 2016: Fashion—Live From the Red Carpet

〈보그〉에 소개된 대샤의 MTV 뮤직비디오 어워드 시상식 사진

유나양 컬렉션은 2016년도 뉴욕 패션위크부터 현재까지 꾸준히 커브 모델들(플러스 사이즈 모델)을 쇼에 세우고 있다. 대샤와의 협업은 나에게 다양한 아름다움을 표현할 수 있는 용기를 주었고, 우리는 협업을 통해 서로의 커리어에 또 다른 정점을 찍었다.

GLAMOUR

All the Curve Models Who Walked During Fall 2019 New York Fashion Week

By our count, there were 94 moments of size inclusivity on the runway.

By Halie LeSavage

February 13, 2019

커브 모델을 캐스팅한 2019 F/W 컬렉션

세상에 시시한 일이란 없다

작은 일도 큰일처럼

패션디자이너이자 유나양 브랜드의 크리에이티브 디렉터, 디자인 컨설턴트 등으로 활동하며 가장 많이 받는 질문 중 하나는 "하이엔드 브랜드를 키워가는 데 어떤 점이 가장 힘들고 어렵냐"는 것이다. 여전히 모든 일이 어렵고 힘들어 딱 한 가지만 꼬집어 이야기하기는 어렵지만 하이엔드 브랜드 크리에이티브 디렉터로서 대답한다면, '판매'라고 이야기하겠다.

패션 브랜드의 크리에이티브 디렉터는 제품 기획부터 시즌 컬렉션 콘셉트, 매 시즌 소재와 컬러 선정, 디자인 프로세스, 마케팅 전략, 상품 진열, 판매 유통 선정, 판매 기획까지 브랜드 전반을 책임지는 포지션이다. 브랜드 이메일에 사용하는 폰트 디자인, 패션 위크 쇼 장소와 콘셉트, 모델 선정, 매장에 어떻게 상품을 진열하고 마케팅 전략에 어떤 문구를 사용할지까지 크리에이티브 디렉터의 컨펌을 거치지 않는 부분은 거의 없다고 봐야 할 정도로 모든 부분에 세심하게 관여한다.

신생 브랜드로서 고객들에게 생소한 브랜드의 상품들을 고가로 판매하는 것은 쉽지 않다. 최고 수준의 공방과 협업해 소재를 개발하고, 샤넬이나 발렌티노와 같은 기존 명품 브랜드들과 똑같은 소재와 기술을 사용한다 해도 브랜드 인지도 측면에서 여전히 쉽지 않은 경쟁이기 때문이다.

유나양을 론칭하면서 꼭 이뤄보고 싶었던 몇 가지 목표 중 하나는, 세계에서 단일 점포 매출 1위인 이세탄 신주쿠점에서 유나양 컬렉션을 판매하는 것이었다. 세계 명품 시장에서 중국이 급부상 중이긴 하지만 여전히 일본은 매력적이고 존중받는 시장이다. 까다로운 일본 고객들을 만족시키는 것은 모든 명품 회사들의 로망이고 일본 고객들의 브랜드 로열티, 즉 상품에 대한 리서치와 값어치 있는 제품에 대한 존경심은 압도적이기 때문이다.

대만 타이베이의 신광 미츠코시 백화점과 협업한 '라이프 스타일' 팝업 행사를 성공적으로 마친 뒤 이세탄 패션 연구소팀에서

러브콜을 받았다.

"타이베이 신광 미츠코시 행사를 봤어요. 이세탄에서도 같은 기획으로 진행하는 것에 관심 있습니다."

신광 미츠코시 행사는 유나양 메인 컬렉션이 아닌 라운지 웨어 컬렉션을 기반으로 해, 의상뿐만 아니라 가구와 주방용품 등을 함께 진열하여 마치 한 사람의 집 안 모습을 보여주는 것 같은 기획이었다. 아시아 첫 시장으로 대만을 선택하고 대만에서 유나양 브랜드를 론칭한 지 1년 후 기획한 프로젝트였다. 나의 목표 중 하나였던 이세탄의 제의는 매력적이었지만 그 제안에 응할 수는 없었다.

"아니요. 이미 했던 기획과 동일한 기획은 다른 유통에서 반복하지 않습니다. 이세탄에서는 다른 기획으로 론칭하고 싶습니다."

대만 신광 미츠코시 백화점 협업 매장

2015년 F/W 뉴욕 컬렉션은 어느 시즌보다 어렵고 힘들었다. 당시 시즌 콘셉트는 총기 소지에 반대한다는 메시지를 전달하는 것이었고, 주제를 표현해내기 위해 컬렉션을 구성할 때 사냥복에서 많은 영감을 받았다. 그러다 보니 기존의 하늘하늘하고 컬러풀한 부드러운 소재 위주의 컬렉션에서 벗어나 무채색의 따뜻한 겨울 소재 위주로 컬렉션을 구성했다. 기존에 내가 해오던 디지인과는 전혀 다른 시도였다.

디자인도 어려웠지만 쇼 3주 전까지도 쇼 장소가 정해지지 않아 난항이었다. 뉴욕 패션위크 기간 동안, 쇼를 할 수 있는 장소들의 임대료는 천정부지로 치솟는다. 가장 저렴한 공간을 4시간 남짓 대여하는 데 2만~2만 5천 달러(한화 2~3천만 원) 정도가 든다. 데뷔 시즌부터 그때까지 운 좋게 훌륭한 공간을 후원받아 열 번의 쇼를 해왔는데, 2015년 쇼를 준비하던 당시에는 장소를 구하기가 녹록지 않았다. 쇼 날짜가 가까워오자 팀원들이 "이번 쇼만 일반 대여로 진행하면 어떨까?" 물었지만 나는 장소 후원을 포기하고 싶지 않았다.

"이번 쇼를 일반 대여로 진행하면 기존에 우리를 후원해주었던 분들에게 결례를 범하는 것이 된다."

어렵사리 구한 후원 장소는 미국 공화당 여성협회의 연회장으로 맨해튼 53가와 5번 애비뉴 선상에 위치해 최상의 입지 조건을 갖추고 있었다. 다만 정치색이 짙은 장소였기에 다시 한 번 뉴욕 패션 디스트릭트의 눈총을 받았다. 게다가 쇼의 타이틀은 'Hunting without Guns(총 없이 하는 사냥)', 총기 소지를 반대하는 주제였다.

장소 후원을 위해 공화당 여성협회의 홍보 담당자 및 연회장 담당자와 진행한 첫 미팅 자리에서 나는 시즌 콘셉트를 '총기 소지 반대'로 정하게 된 배경을 설명했다.

"저희 사무실이 위치하고 있는 맨해튼 38가 근처에서 얼마 전 총기 사고가 일어났습니다. 정신과 치료를 받던 환자가 발포한 총에 무고한 시민들이 죽었어요. 그런 이유로 총기 소지를 반대하는 주제의 쇼를 기획했습니다."

총기 소지 찬성론자가 다수인 공화당의 연회장에서 총기 소지 반대를 주제로 한 컬렉션을 발표한다는 것이 아이러니했지만 연회장 담당자는 열린 마음으로 적극적으로 우리 쇼를 도왔다.

"신선한 콘셉트네요. 재밌겠어요. 링컨룸도 VIP 공간으로 후원할게요."

3층짜리 건물 전체를 우리가 사용할 수 있도록 해준, 파격적인 후원이었다. 자신과 다른 의견도 기꺼이 받아들이고 패션을 오직 패션의 관점으로 이해하며 다양한 의견을 표출할 수 있도록 지지해주는 미국의 문화에 내심 놀랐다. 나는 같은 관점을 가지지 않았다는 이유만으로 편을 나누어 다투거나, 내 편은 모두 맞고 반대편은 모두 잘못되었다며 흑백논리를 주장하는 사람을 경계한다. 다름과 다양성에 대한 존중이 없는 사회에서는 미래지향적인 사고를 할 수 없다는 생각 때문이다.

빠듯한 예산과 어려운 주제 선정, 쇼 마지막까지 장소가 정해지지 않아 받았던 스트레스 등으로 2015년 F/W 컬렉션은 내 패션위크 쇼 중 가장 힘들었던 시즌이자 위기의 순간으로 기억된다. 그렇지만 어떻게든 주어진 상황에서 최선의 결과를 만들어내야만 했다. 고민 끝에 사냥에 필요한 도구들에서 영감을 받은 액세서리 라인을 유나양의 콘셉트에 맞게 개발해보기로 했다. 유난히 어려움이 많았던 시즌이라 컬렉션에서 보여주는 의상 수와 모델 수를 줄이는 대신 그로 인한 빈틈을 채우기 위한 돌파구로 액세서리 라인 개발을 시도한 것이다.

팀원들과 함께 사냥에 사용되는 다양한 액세서리들을 조사하여 총알을 넣는 사냥용 벨트에서 영감을 받아 가죽 비딩 디테일이 장식된 퍼 이어 머프(보온용 귀마개), 벨트와 초커 등으로도 스타일링이 가능한 헤어밴드 등을 제작했다. 처음으로 시도한 헤어 액세서리 라인 개발은 안 그래도 힘든 상황에서 스트레스를 가중시켰다. 손으로 촘촘히 고정한 비딩 액세서리들을 쇼에서 보고 이세탄 패션 연구소팀이 관심을 보이기 전까지는 내 기억 속에서 지워버리고 싶을 정도로 힘든 시즌이었다.

총알을 넣는 사냥용 벨트에서 영감을 받은

가죽 비딩 디테일이 장식된 퍼 이어 머프

매직밴드
(헤어밴드, 벨트, 초커, 팔찌 등으로 변형이 가능한 밴드)

과거에도 이세탄과의 미팅은 세 번 정도 진행되었지만 이견 차이를 좁히지 못해 번번이 무산되고 말았다. 그래서 이번 기회는 꼭 잡고 싶었다. 이세탄 바이어들은 예상대로 상품에 대한 이해도와 집요한 품질관리가 세계 최고 수준이었다. 이를테면, 유나양에서 사용하는 레이스는 영국 왕실에 납품되어 왕세자비 케이트 미들턴의 웨딩드레스에도 쓰였던 프랑스 최고급 레이스인데, 이세탄 바이어들은 내가 공방의 이름을 언급도 하기 전에 레이스만 보고도 어떤 레이스를 쓰는지 알아차렸다. 그 정도로 꼼꼼한 이세탄 바이어들은 어렵게 개발한 액세서리 라인을 조금 더 업그레이드하기를 요구했다. 의견을 나누기 위해 7개월 동안 주고받은 이메일만 해도 수백 통이었다. 주변에서는 다들 그만하고 메인 컬렉션 라인에 더 집중하자고 했다. 하지만 나는 생각했다.

'내가 이렇게 작은 프로젝트도 바이어를 만족할 수 있게 만들어내지 못한다면 더 큰 프로젝트는 어떻게 함께할 수 있을까?'

나는 세상에 작은 일은 없다고 생각한다. 시시한 일이라고 여겨서 시시하게 해버리면 그야말로 시시한 사람이 되어버리는 것이니까.

이세탄 바이어들의 피드백에 오기가 났다. 정말 세상에 없는 오리지널한 유나양만의 무언가를 만들어내고 싶었다. 진짜가 아니면 어차피 아무것도 아니니까. 그런 마음가짐으로 심혈을 기울인 덕분이었을까? 최종 미팅에서 샘플을 본 이세탄 바이어는 눈이 휘둥그레졌다.

"세상에 없는 물건이네요. 홀리데이 시즌에 1층에서 판매해주세요."

위기는 기회다. 일을 하다 보면 최선을 다해도 앞날이 예측되지 않을 만큼 모든 일이 꼬일 때가 있다. 나는 앞도 뒤도 꽉 막혀 돌파구를 찾기 힘들 때, 지금까지 해오던 일과 전혀 다른 새로운 시도를 해본다. 위기 상황을 극복하기 위해 새로운 도전을 했던 것이 브랜드 론칭 초기부터 꿈꾸던 이세탄 신주쿠점 입점이라는 결과를 빚어냈다. 가장 경쟁이 치열한 홀리데이 시즌, 유나양 컬렉션 액세서리들은 연일 매진을 기록했다. 그 결과 바이어의 제안으로 이세탄에서 검증된 브랜드에게만 수여하는 'Only Mi' 마크를 획득해 전 세계 독점으로 이세탄에만 액세서리 라인을 공급하는 협업을 진행하게 되었다.

그것이 끝이 아니었다. 전 세계 단일 매장 매출 1위를 올리는 백화점에서, 그것도 매출 경쟁이 가장 심하다는 홀리데이 시즌에, 백화점에서 유동 인구가 가장 많은 1층 행사를 잘 치러낸 결과는 또 다른 기회로 이어졌다. 일본의 또 다른 명품 백화점이자 간사

이 지방의 자존심인 한큐 백화점으로부터 벚꽃 시즌 행사 제안을
받은 것이다.

　아무리 작은 일이라도 큰일처럼 해낼 때, 또 다른 큰 기회가 다
가온다. 세상에 시시한 일이란 없다. 어떤 일이라도 신나게 멋지게
해버리자. 좋은 배우는 아무리 작은 역할도 반짝반짝 빛나게 만드
는 것처럼.

이세탄 행사

공평한 기회,
공정한 평가

진심의 힘

초등학교 저학년 때로 기억한다. 미술 시간에 선생님께서 '소풍 가는 날'을 주제로 그림을 그려보라고 하셨다. 그린 그림을 한군데 모아놓고 발표를 하는데, 내가 그린 해만 달랐다. 동그란 빨간색 해를 그린 친구, 빨간색 동그라미 주변에 지그재그 모양으로 장식한 친구 등 다른 친구들의 해는 모두 빨간색이었는데 나만 옅은 노란빛이 도는 해를 그렸다. 노란색 위에 하얀색을 덧발라 그린 해를 보고 친구들은 하나같이 "그건 달이야!"라고 말했다. 선생님도 고개를 갸우뚱하시며 "왜 노란빛으로 그렸니?"라고 물으셨다.

"하늘에 뜬 해는 하얗게 보이기도 하고, 노랗게 보이기도 하는데요?"

하늘의 해는 분명히 빨간색이 아닌데 왜 모두들 빨갛게 그렸을까? 나는 정말 혼란스러웠다. 마치 운동장에서 반 친구들과 선생님은 커다란 동그라미 안에 함께 모여 있는데, 나만 혼자 뚝 떨어져 X자 위에 서 있는 느낌이었다. 나 홀로 틀린 답을 적은 것 같았다. 나는 궁금했다. 하늘을 보면 해가 있고 해를 보고 내가 느끼고 생각한 대로 그린 건데, 왜 모두들 정해진 답이 있는 것처럼 해를 빨갛게 그렸을까? 모두 똑같이 생각하고 똑같이 그려야 하는 걸까? 나만 틀린 걸까? 아닌 것 같은데….

2017년 F/W 패션위크 쇼를 준비할 당시 뉴욕 패션계에 모델 부킹 보이콧 운동이 일어났다. 트럼프 전 대통령은 '트럼프 모델'이라는 모델 에이전시를 소유하고 있었는데 트럼프의 정책에 반대하는, 뉴욕 패션위크 공식 스케줄(패션위크 기간 동안 선보이는 쇼들 중 뉴욕패션협회에서 바이어와 언론에 추천하는 패션쇼들을 시간대가 겹치지 않도록 한 시간 단위로 정리한 스케줄) 쇼에 참여하는 대부분의 디자이너들이 트럼프 모델 에이전시의 모델들을 자신들의 쇼에 세우지 않겠다고 선언한 것이다.

나는 아시아 여성 독립디자이너로서 성 평등이나 사회적인 편견과 차별에 반대하는 주제의 컬렉션을 많이 발표한다. 개인적으로도 트럼프 대통령 재임 시절의 환경이나 이민 정책, 그의 여성에 대한 혐오 발언과 다수의 스캔들에 대해 동의하지 않았다. 하지만 트럼프 모델 에이전시에 소속된 많은 모델들은 대부분 뉴욕 패션위크 무대에 한 번이라도 서보기 위해 꿈을 가지고 해외에서 온 외국인들이었다. 그런 이들에게 '트럼프란 이름이 들어간 에이전시와 계약을 했으니 넌 캐스팅에도 올 수 없다'라고 하는 것이 과연 공평한 것일까? 에이전트들은 대부분 월급 대신 모델 부킹 수수료로 생계를 유지하는데 아무도 그들을 찾지 않으면 어떻게 하나? 가장 진보적이고 자유로워야 하는 패션 디스트릭트가 정치적인 목소리를 높이느라 또 다른 역차별을 만들어낸다는 생각이 들었다.

차별을 반대하는 움직임으로 인해 또 다른 차별이 생겨나는 모순적인 상황에서 나는 용기를 내기로 결심했다. 열 명 중 아홉이 맞다고 해도 그 일이 반드시 옳다고만은 할 수 없는 일이 가끔은 존재한다. 군중심리에 의해, 혹은 큰 그림을 보느라 작은 희생을 살피지 못하는 경우가 발생하기 때문이다. 나는 자신의 소신을 가지고 목소리를 내는 것이 창조적인 일에 종사하는 디자이너의 의무라고 생각한다. 아무리 패션업계 전체가 트럼프 모델 에이전시를 거부하더라도 나는 작은 희생을 알면서도 모른 척하고 싶지 않왔다.

창조적인 일을 하는 사람은 용기와 소신을 가져야 하고, 진정한 프로는 일을 추진함에 있어서 자신의 일과 정치적 신념을 분리해야 한다. 또한 세상에는 다양한 입장을 가진 사람들이 공존하고 서로의 길이 다를 수 있다는 점도 인정해야 한다. 나와 다른 편은 모두 나쁘다는 식의 편 가르기와 내 편이 아니면 함께 일할 수 없다고 주장하는 태도는 또 다른 소외와 편견을 양산해낼 수 있다는 사실을 잊지 않아야 한다.

모델 부킹 제의를 해온 트럼프 모델 에이전시 에이전트에게 나는 다른 에이전시와 동일한 안내를 보냈다.

"유나양은 이번 시즌에 트럼프 모델에서 캐스팅 결과가 좋으면 부킹할 것입니다. 캐스팅 콜(캐스팅 날짜, 장소가 적혀 있는 시트) 정보 보냅니다."

내 결정에 팀원들의 반대는 극심했다. 하지만 나는 정치적인 문제로 또 다른 편견을 만들어내는 것은 유나양 브랜드 콘셉트에 반하는 일이라고 팀원들을 설득했다. 버니 샌더스(미국 민주당 의원)의 열렬한 지지자인 어시스턴트 프란체스카는 며칠 동안 나와의 대화를 피할 정도였다. 하지만 나는 내가 처음 내 브랜드를 론칭하기 위해 뉴욕에 왔을 때를 잊을 수 없다고 말하며 재차 설득했다.

"수많은 사람들이 불가능하다고 했을 때 나를 지지해준 한두 명의 따뜻한 말 한마디로 힘을 얻었어. 기회는 공평하고 평가는 공정해야 한다고 생각해."

그 시즌에 함께 일했던 트럼프 모델 에이전시의 에이전트들은 트럼프 모델이 문을 닫은 후 다른 에이전시로 모두 이직했고 그들은 아직도 유나양의 든든한 서포터다. 유나양의 쇼는 쇼 하루 전날 다른 쇼에 모델을 뺏긴다거나 모델 부킹 컨펌이 지지부진 늘어져 쇼 직전까지 며칠 밤을 새며 캐스팅을 해야 하는 일이 거의 없다. 진심이 통하고 공정한 기회를 주는 회사라면, 회사의 크기나 예산의 범위와 관계없이 누구나 함께 일하고 싶어 하기 때문이다. 여전히 세상에는 진심을 가장 중요하게 생각하는 사람들이 많으니까.

2017 F/W 뉴욕 패션위크 쇼

"자신의 실수에
관대해졌으면 좋겠어"

좋은 리더의 조건

라티시아는 까르띠에 마케팅 디렉터로 일하다 서른여덟 살에 뉴욕의 패션 명문 파슨스 디자인 스쿨에 입학했다. 이미 석사 학위를 두 개나 소지하고 있었음에도 어린 시절부터 꿈이었던 패션 디자이너가 되기 위해 다시 공부를 시작한 것이다. 누구보다도 좋은 경력에 성격도 쾌활하고 완벽주의자였던 라티시아는 2018년 뉴욕 패션위크 쇼를 도와주다가 우리 팀에 합류했다.

하루는 그가 내게 미팅을 요청했다.

"유나, 왜 내가 생산 지시하는 과정에서 틀릴 줄 알면서도 그냥 그대로 하게 내버려두는 거야?"

나는 당연하다는 표정을 지으며 그에게 대답했다.

"만약 네가 실수하기도 전에 내가 어떻게 해야 할지 미리 알려주면 넌 다음번에 또 같은 실수를 하게 될 거야. 난 네가 스스로 일을 배울 수 있도록 도와주고 싶어. 그리고 너는 이제 막 패션계에 발을 내디뎠잖아. 나는 네가 너의 실수에 관대해졌으면 좋겠어. 경력 20년 차가 다 되어가는 나도 여전히 실수를 해. 네가 지금 잘 모르고 틀리는 것은 당연하잖아."

나는 조금은 특이한 리더다. 팀원들이 각자 스스로 깨달아 자신에게 주어진 임무를 완수하기를 바라고, 실수와 실패는 꼭 필요한 일이라 생각해 일부러 세세하게 지도 편달을 하지 않는 경우도 다반사다. 실수를 하고 스스로 깨우쳐야 같은 실수를 반복하지 않기 때문이다.

2010년 처음 회사를 시작하고 3년 차에 이를 때까지 나는 항상 섭섭한 마음을 가진 대표였다. 브랜드를 시작하고 처음 3년은 거의 매일 새벽 1, 2시에 퇴근했다. 직원들이 퇴근한 6시 이후, 정적이 감도는 사무실에서 비로소 나의 하루가 다시 시작되었다. 엑셀 파일이 무엇인지도 몰랐고, 마진율 계산이나 회계 처리는 물론이고 비즈니스 이메일을 영어로 쓰는 것조차 서툴러서 어떤 일이든 시작하면 끝내기까지 남들의 2, 3배의 시간이 걸렸다.

내가 그렇게 힘들다 보니 같이 일하는 사람들이 나만큼 회사

일에 애착이 없는 것 같아 속상하고 섭섭했다. 나의 부족함으로 오해가 생겨 함께 일하던 사람들을 잃기도 했다.

한번은 제시카에게 이런 고민을 털어놓았다. 데뷔 전 나에게 용기를 주었던 〈보그〉지의 미녀 에디터, 그 제시카 말이다. 그녀에게 브랜드 운영을 하며 맞닥뜨리는 여러 문제와 감정을 털어놓자 그녀는 이렇게 조언했다.

"유나, 이 세상 어느 누구도 너보다 너의 브랜드를 소중하게 여길 순 없어. 어떤 사람도 너만큼 너의 브랜드를 위해 최선을 다할 순 없지. 게다가 너의 브랜드 이름은 네 이름이잖아. 다른 사람들은 너를 위해 희생한다고 느낄 수도 있어."

그녀의 말이 맞았다. 각자의 역할이 다른데, 나는 팀원들과 내가 맡은 역할이 다름을 깨닫지 못하고 있었다. 내 눈앞에 놓인 어려움과 버거움으로 나의 역할을 팀원들에게 기대하고 있었다. 그날 이후 나는 핑계와 불평만 늘어놓는 리더가 되지 않겠다고 결심했다. 브랜드를 운영하고 패션업계에 도움이 될 수 있는 인력을 창출해내는 것도 나의 역할이었다. 나와 일하는 사람들은 자신들의 소중한 시간을 기꺼이 내어 나와 함께해주고 있는 것이 아닌가.

그때의 나는 한 회사의 대표이자 리더는 팀원들에게 무엇인가를 지시하고 무엇을 해야 하는지 가르치고 알려주는 포지션이라고만 생각했다. 하지만 리더는 팀원들이 매일 최상의 컨디션으로 일할 수 있는 환경을 만들어주는 포지션이었다. 가장 훌륭한 판단은 감성에 기반을 두고 이성적인 판단을 할 때 이루어진다.

브랜드의 성공을 위해 내가 해야 할 가장 중요한 일은, 팀원들 그리고 함께 일하는 협력업체들이 즐겁게 일할 수 있는 환경이 조성되었는지 살피는 것이었다. 조용히 팀원들을 세심하게 관찰하고 그들 각각의 장점을 찾아내어 그들이 가장 잘할 수 있는 일, 잘하고 싶어 하는 일, 그들 커리어에 도움이 될 만한 일들을 맡기는 것이 나의 역할이라는 것을 시간이 조금 지난 뒤에야 깨달았다.

누군가 나에게 지금 너에게 가장 소중한 것이 무엇이냐고 묻는다면 나는 '현재의 나의 시간'이라고 답할 것이다. 현재의 시간은 다시 되돌릴 수도, 돈으로 살 수도 없기 때문이다. 미래의 행복을 위해 현재의 행복을 포기하고 지금의 시간을 희생하고 싶지 않다. 지금 이 순간이 즐거워야만 최고의 결과물이 나올 수 있다는 것을 알기 때문이다.

미래를 위해 현재를 희생하면 안 된다. 현재의 노력이 더 나은 미래를 만들어낼 수는 있지만, 지금 현재 나 자신이 즐겁지 않은데 미래에 행복하리라는 보장은 없다. 현재의 나의 시간을 온전히 누리고 내가 원하는 것에 집중해야만 후회 없는 선택, 망설임 없는 실천력, 삶의 행복을 가질 수 있다. 그리고 이렇게 나의 시간이 소중한 만큼 다른 사람들의 시간도 소중하다.

이런 생각을 바탕으로 나는 내가 가장 소중하게 여기는 '나의 시간'을 잘 쓰기 위해 노력한다. 그러기 위해 내가 실천하고 팀원들에게도 권하는 몇 가지 방법을 소개한다.

나는 나와 함께 일하는 팀원들이 하루 일과를 'doing'보다는 'thinking'하는 시간에 더 투자하기를 바란다. 그런 이유에서 팀원들에게 아침에 출근해서 한 시간 정도 생각하는 시간을 가져보라고 조언한다. 빨리 결과를 내야 한다는 조급함보다는 무엇을 어떻게 해야 할지 고민하고 하루를 시작하길 바라기 때문이다. 행동하기 이전에 무엇이 더 우선시되어야 하는 일인지에 대한 판단을 내리는 것이 중요하다.

또한 자기 자신과 대화할 시간을 가져볼 것을 권한다. 나의 장단점을 파악하고, 내가 진정으로 원하는 것이 무엇인지 찾아낼 수 있는 기회를 나 자신에게 주어야 한다. 나의 감정을 귀 기울여 듣고 나에게 기쁨과 행복을 주는 일을 하기 위해 집중하며 하루를 보내야 한다. 우리는 종종 너무 일이 바빠서, 시간이 없어서, 몸이 피곤해서 등의 여러 가지 이유로 내가 가장 소중하게 여겨야 하는 나 자신을 돌보지 않고 살아간다. 나 자신의 외부가 아닌 내면을 살펴야 한다.

우리가 무엇을 원하는지 또는 원하지 않는지, 어떤 일을 해야 기쁜지, 어떤 일은 하고 싶지 않은지 생각할 겨를도 없이 시간은 우리를 기다려주지 않고 빛의 속도로 지나가버리곤 한다. 중요한 결정을 내려야 할 때, 내가 가장 중요하게 생각하며 던지는 질문이 있다. '내가 10년 후에 지금의 결정을 후회하지 않을까?' 10년 후의 내 모습을 상상하며 고심 끝에 차분한 결정을 내리기까지 많은 시간이 필요하다. 그렇지만 그만큼 후회가 없다.

불안에 쫓기며 일하거나 중요한 결정을 내리지 말자. 일을 하는 데 있어서 결과만큼 중요한 것은 과정에서 느낀 성취감과 만족감이다. 결과에 연연하지 않고 매진하는 끈기와 근성은 창조적인 일에 종사하는 사람에게 꼭 필요한 필수 요건이다. 나의 모토는 '최선을 다하고 결과는 신에게'다. 내가 할 수 있는 노력을 다하되 어떤 결과도 겸허하게 받아들일 자세가 되어 있다는 의미다.

나는 오늘도 나 스스로 만족할 만한 최상의 컬렉션, 패션사에 남는 디자이너 브랜드를 목표로 하루하루 정진한다. 누군가 나에게 "당신의 꿈이 이루어질 확률은 얼마나 되나요?"라고 묻는다면 나의 대답은 "당연히 확률은 매우 희박합니다"라고 답할 것이다. 그럼에도 불구하고 나는 도전한다. 나의 발걸음은 더디고, 아직 많은 부분에서 서툴고 부족하지만 결과의 성공 유무와 달리 지금 이 과정을 만끽하고 있기 때문이다. 나의 하루는 나의 여정을 함께하는 이들로부터의 배우는 새로운 깨달음으로 늘 설레는 마음으로 시작하기 때문이다.

장점을 극대화하라

각각의 재능

유나양 컬렉션은 인턴을 많이 고용하지 않는다. 인턴 제도의 가장 중요한 목표는 인턴을 교육시키고 성장시키는 데 있는데, 우리처럼 업무 분담이 확실하고 외주사와 협업으로 진행되는 프로젝트가 많은 회사는 인턴에게 가르칠 수 있는 일들이 한정되어 있기 때문이다. 우리가 1년에 딱 한 번 인턴을 고용하는 시기는 서머 인턴십(여름방학 인턴십) 프로그램을 진행할 때다. 미국 학기는 5월 초중순이면 끝나기 때문에 대부분의 패션스쿨 학생들은 5월부터 9월 초까지 인턴십 프로그램을 신청해 추가 학점을 따고 실무 경험을 쌓는다.

DK는 미국 미시간주에서 성장한 한국 교포 2세다. 그의 누나는 미시간에서 헤어드레서로 활동 중이고, 자신은 뉴욕 패션스쿨 FIT Fashion Institute of Technology에서 패션디자인을 전공하고 있었다. 그는 인터뷰에서 "나는 한국 사람이고 한국 사람 중에 유일하게 뉴욕 패션위크 공식 스케줄 쇼를 참여하고 있는 유나양에서 꼭 인턴십을 하고 싶다"라고 대답해 다른 질문은 해보지도 않고 합격시켰다.

또 다른 인턴 HN은 강원도에서 미국으로 유학을 와 조지아주에 있는 패션스쿨에 다니고 있는 학생으로, 내가 인터뷰 날짜를 잡자마자 곧바로 비행기를 타고 뉴욕으로 날아왔다. 슈트케이스까지 끌고서. 그 모습을 보니 처음 뉴욕에 와서 슈트케이스를 끌며 미팅을 다니던 내 모습이 오버랩 되어 인터뷰 직후 합격시켰다.

첫 프로젝트로 DK와 HN에게 패턴(의상 제작에 사용되는 본)을 정리하는 임무를 맡겼는데, 사무실 뒤쪽에 마련된 패턴실은 내가 자주 들르거나 확인하지 않는 공간이었다. 일을 시작하고 며칠이 지나자 DK는 주어진 패턴을 정리하거나 내가 요청한 부분만 수정하는 것이 아니라 기존의 전형적인 방식이 아닌 자신만의 새로운 방법으로 패턴을 변형시키는 방식을 제시하기 시작했다. DK가 언급하던 몇 가지 방식은 내가 런던에서 일하는 시절 새롭게 시도했던 방식과도 비슷해 신기하고 반가웠다.

보통의 인턴들과는 다소 다른, 적극적이고 창의적인 모습이 반가워 나는 그에게 "DK, 일은 해보니 어때?"라고 물어보았다. 일하는 방식이 특이해서 물어본 가벼운 질문에 DK는 "유나, 나 사실은 ADHD(주의력결핍 과잉행동장애) 증후군을 앓고 있어. 약을 복용하고 있어서 업무에 차질은 없지만 다른 사람들과는 조금 달라"라고 대답했다.

나는 그의 예상치 못한 답변에 잠시 어떻게 대처해야 할지 몰라 당황했다. 한편으로 창의적인 면이 돋보여 호기심으로 가볍게 물어본 질문에 나를 믿고 솔직하게 자신의 상황을 설명해준 DK의 태도에 고마운 마음이 들었다. 당당한 자신감도 느껴졌다. '집중력이 조금 부족할지는 몰라도 패턴을 다루는 모습을 보니 이렇게 창의적인데…. 분명히 인턴십을 잘 마칠 수 있고, 또 우리가 DK로부터 얻는 것도 있을 거야.'

그날 이후 나는 DK의 장점이 발휘될 수 있는 업무 방식에 대해 고민하고, DK와 HN를 한 조로 묶어 함께 프로젝트를 진행하도록 했다. 꼼꼼하고 책임감이 강한 완벽주의자 HN과 창의적인 DK가 서로에게 시너지를 줄 수 있다고 믿었다. 매일 하루에 한두 번씩 자신만의 세계에 빠져드는 DK를 다잡는 HN의 외침이 들려오곤 했지만, 둘은 잘 화합했고 내가 기대한 것보다 훨씬 높은 결과를 이끌어냈다.

함께 일할 팀원을 구할 때 내가 가장 중요하게 보는 부분은 '우리가 가진 것 중 이 사람에게 나눌 수 있는 그 무엇이 있는가'이다. 내가 함께 일하는 팀원들에게 공통적으로 묻는 질문 역시 "유나양은 네 인생에 한 부분으로 남을 테지만, 평생 네가 나와 함께할 수는 없잖아. 너의 다음 목표는 뭐야? 그 목표에 도움이 될 수 있는 일을 함께할 수 있도록 의논해보자"다. 함께 일하고 싶이 하는 의욕적인 자세도 중요하지만, 사람 간의 관계에서 일방적인 희생만을 요구할 순 없지 않은가.

나는 DK의 창의성을 믿어 2014년 S/S 뉴욕 패션위크 쇼 음악을 음악가들 대신 DK에게 맡기기로 했다. 쇼에 온 많은 손님들이 "음악이 너무 창의적이다. 어디서도 들어보지 못한 음악인데 누가 작곡했느냐"는 문의를 해왔다. 서머 인턴십을 마친 후 만난 DK는 모교인 뉴욕의 패션 명문 FIT에서 패턴 강사로 활동하고 있다는 소식을 전해주었다.

우리 모두에게는 누구나 장점과 단점이 있다. 단점을 고치는 것은 너무나 어렵다. 아침에 일찍 일어나는 것이 힘든 사람이 성공한 사람들 대부분이 새벽에 기상한다고 해서 그렇게 따라 하다가는 몸만 축날 뿐이다. 단점을 고치려는 노력보다는 장점을 극대화해 나의 단점을 보완하면 되지 않을까?

브랜드를 시작하고 지금까지 다양한 사람들이 팀원으로 거쳐 갔다. 나보다 어리고 경력이 적은 팀원들이 대부분이었지만 그들은 모두 각자의 개성과 능력으로 유나양이라는 브랜드에 큰 도움을 주었다. 모든 사람들에게는 장점과 배울 점이 있다.

〈뉴욕타임스〉의 한국을 소개하는 기획 기사

'Inside Korea'에 소개된 한 페이지 인터뷰 기사

나를 일으켜 세우는 것도
나를 무너지게 하는 것도

결국, 사람이 답이다

브랜드 초창기, 외주업체 거래만으로 생산을 진행하던 나는 2012년 내부 생산팀을 꾸려보기로 결심했다. 세 번째 쇼에서 좋지 않은 리뷰를 받은 후 재기를 위해 보강할 부분으로 생산 퀄리티를 높이는 방안을 생각했다. 유나양만의 시그니처 디자인을 확고히 구축하기 위해 디자인팀이 생각한 아이디어를 즉시 시도할 수 있도록 내부 생산팀을 갖춰야 할 때가 왔다고 생각했다.

데본은 뉴욕 가먼트 디스트릭트에서 유명한 하이엔드 패턴메이커로, 내가 처음 뉴욕에 왔을 때 이태리 공방을 통해 소개받은 패턴 장인이다. 내 데뷔 시즌부터 함께해온 그는 동료이자 친구로서 좋은 조언을 해주었다. 내부 생산팀에서 일할 재봉 장인을 구하는 데 어려움을 겪고 있을 무렵, 하루는 데본이 자신의 친구라며 안소니를 소개시켜주었다.

오스카 드 라 렌타(미국 유명 명품 브랜드)의 패션위크 컬렉션 재봉사로 일하고 있던 안소니는 회사 분위기가 마음에 든다며 이직 의사를 밝혔고 나는 그의 제안을 흔쾌히 수락했다. 안소니는 지금까지 내가 만난 재봉 장인 중에 단연코 최고였다. 어떤 디자인과 패턴이든 안소니는 마치 옷이 살아 움직이는 것처럼 혹은 생명을 불어넣은 것처럼 결과물을 뽑아냈다. 패턴이 없는 의상도 스케치만 보고 만들어 낼 정도로 '신의 손' 그 자체인 장인이었다.

안소니의 남다른 기술에 빠져들었던 만큼 마음 한구석에서 걱정이 생겨나기 시작했다. 그가 한 달에 2, 3일에서 길게는 일주일 정도씩 연락 없는 결근을 했기 때문이다. 실력이 너무나 뛰어나고 근무 시간 동안은 최선을 다하기 때문에 그와 함께했지만, 무단결근이 잦으면 우리가 정말 안소니를 필요로 할 때 그의 부재로 큰 차질이 생길 수도 있다는 사실이 항상 마음에 걸렸다.

2012년 S/S 뉴욕 패션위크 쇼가 일주일 앞으로 다가왔다. 2011년 F/W 쇼에서 받은 평단의 좋지 않았던 반응을 만회하기 위해 나와 디자인팀은 디자인에 몰두했다. 유나양이라는 브랜드의 시그니처 아이템들을 만들어내야 한다는 일념으로 무섭게 집중했다. 지금까지도 유나양 시그니처로 불리는, 오르간자(의류 제조용으로 사용하는 투명하고 가벼운 견·면직물) 소재를 이용해 입체적으로 꽃 모양을 표현한 '플라워 장식', 인도 비딩 장인들과 협업해 핸드메이드 제작한 비딩 디자인들, 레이스와 오르간자 소재를 탈부착 할 수 있도록 디자인한 무릎 밑 종아리 반이 덮이는 H라인 스커트 등 중요한 요소들이 2012년 S/S 시즌에 탄생했다.

그리고 마침내 우려하던 일이 벌어졌다. 여느 때처럼 신들린 재봉 실력을 보여주던 안소니는 쇼 5일 전 내일 보자며 퇴근한 후 연락이 두절되었다. 문자를 여러 통 보내고 전화를 수십 번 걸어도 연결이 되지 않았다. 하늘이 무너져내리는 것 같은 마음에 눈물이 주르륵 흘렀다. 패션위크 기간이라 가먼트 디스트릭트의 모든 공방들이 야근을 하며 풀타임으로 돌아가던 시기였다.
'아, 지난 시즌처럼 이번 시즌도 망한 건가.'
나는 절망에 빠져 있다가 지푸라기라도 잡는 심정으로 누구에게 부탁할 수 있는지 생각해보았다. 항상 나를 보면 "유나, 난 너의 성격과 너란 사람 자체가 참 좋아"라며 반갑게 맞아주던 에미가 번뜩 생각났다. 안소니에게 맡기려 했던 분량의 재단된 천들을 조용히 포장해 팀원들에게 안겨주었다. "에미한테 가봐. 아무 말도 필요 없고 유나가 꼭 도와달라고 했다고만 말해줘." 상황이 어렵게 돌아가는 것을 눈치챈 팀원들도 비장한 표정으로 사무실을 나섰다.

30분 후, 마케팅 인턴 얀이 돌아와 말했다.

"네가 전달하라고 한 말을 했더니, 에미가 공방 전 직원에게 지금 하고 있는 일을 멈추고 우리 일부터 우선적으로 마치라고 지시했어."

그 말을 듣자 긴장이 풀리면서 나도 모르게 사무실 바닥에 주저앉았다. 에미의 도움에 너무 고마웠다. '내가 에미에게 해준 것이라고는 반가운 인사와 일을 잘 마쳐줘서 고맙다는 말 정도뿐이었는데. 어떻게 보답해야 하나.' 주저앉아 있는 내게 얀이 다가와 손을 잡으며 말했다.

"다른 누가 너를 힘들게 하더라도 네가 쓰러지고 브랜드를 포기하기 전까지 절대로 유나양이라는 브랜드는 사라지지 않아. 겁내지 않았으면 좋겠어."

얀은 중국계 호주인 유학생으로 컬럼비아대학교 버나드 칼리지에 연수를 와 있는 동안 우리 회사에서 파트타임 인턴으로 재직 중이었다. 대학교 2학년생이었던 어린 얀에게 받은 조언은 아직까지도 힘들 때마다 내 귓가에 맴돈다.

브랜드를 시작하기로 했을 때, 어머니는 말씀하셨다.

"결국엔 사람이야. 너를 흥하게 하는 것도 망하게 하는 것도 사람이란다."

무너져내린 나를 일으켜 세운 것은 에미의 도움과 얀의 허를 찌르는 조언이었다. 우리는 사람을 만날 때도 계산이 필요하다는 말을 종종 듣는다. 나에게 도움을 줄 사람, 나에게 득이 될 사람을 가려 만나라는 조언 말이다. MBA나 로스쿨에서도 인맥 관리의 중요성과 방법을 가르친다고 들었다. 하지만 순수하게 진심으로 상대를 생각하는 마음이 없다면, 무너져내려가는 순간 누가 나를 진정으로 도울 수 있을까? 또 내가 누군가를 조건 없이 돕는 마음이 없다면 나에게 그런 행운이 찾아올 수 있을까? 누군가를 도울 수 있는 위치도 좋지만, 누군가에게 순수한 도움을 받을 수 있는 사람이라는 것, 이 정도면 잘 살아온 인생이라고 말할 수 있지 않을까? 우리가 살면서 도움을 받는 사람들은 꼭 힘 있고 잘난 사람들만이 아니다.

유나양 브랜드의 거친 여정에 동반해준 파트너들, 협력업체들, 동료들, 나에게 영감을 준 수많은 사람들… 그들 모두와 함께 보낸 나의 시간과 그들이 준 깨달음은 감히 숫자로 가치를 환산할 수조차 없다. 아니, 감히 환산해보려는 시도를 하는 것조차 마음의 죄를 짓는 것 같다. 생각할수록 나는 정말 많은 것을 가진 '찐부자'인 것 같다. 결국에 정답은 항상 '사람'이었다. 나를 일으켜 세우는 것도 나를 무너지게 하는 것도.

실패를 마술처럼 이겨내자는

의미로 이름을 지은

2012 S/S 'Magic' 컬렉션

조금 더
아름다운 세상을 위해서

사회적 기업 프로젝트

안나는 영국계 남아프리카공화국 승마 챔피언 출신으로 밀라노 어학연수 시절 만난 나의 베스트 프렌즈 중 한 명이다. 이태리 명품 브랜드 돌체 앤 가바나의 세컨드 라인 D&G에서 글로벌 세일즈 디렉터로 활동하며 밀라노 패션계의 화려함을 가장 많이 경험한 친구로 인맥도 대단해서 밀라노 유명 디자이너들의 개인 파티에 이틀에 한 번씩 초대받을 정도였다. 세계에서 인종차별이 가장 심하다는 남아공에서 어린 시절을 보낸 안나는 자신을 키운 것은 아프리카인 유모였다며 그녀에게 배운 사랑이 지금의 자신을 만들어냈다고 종종 말하곤 했다.

제트 셋 라이프 스타일(개인 제트기를 타고 다니는 라이프 스타일)을 즐기던 안나는 패션계 사람들이 모두 부러워할 만한 밀라노 생활을 5년 만에 접었다. NGO 단체에 지원해 아프리카로 돌아가기로 했다며, 떠나기 전 나와 시간을 보내기 위해 런던을 방문했다. 그녀는 그때 나에게 이렇게 말해주었다.

"문득, 누구나 부러워하는 사람으로 사는 것이 내 인생의 목표가 아니라는 사실을 깨달았어. 화려한 하루가 끝나고 집에 돌아오면 가슴 한구석이 휑하니 비어 있는 느낌이 들었어. 내 인생에서 무언가 중요한 것이 사라진 듯한 감정이랄까. '무엇이 부족한 것일까' 오랫동안 고민했어. 남아공에서 자라면서 자연과 나누었던 교감들, 맑은 영혼의 아프리카 사람들이 나에게 주었던 순수한 에너지들, 내가 세상과 나눌 수 있는 사랑의 감정. 이 감정이 지난 5년 동안 사라져 있었던 것 같아. 정말 내 인생에 필요한 것이 무엇인지 확인해보고 싶어서 NGO에 지원했어."

케냐와 방글라데시 등에서 봉사활동을 하던 안나는 인생에서 가장 행복하고 의미 있는 순간들을 보내고 있다고 소식을 전해오고 있다.

〈보스턴 매거진〉이 뽑은 보스턴에서 가장 멋쟁이로도 여러 번 선정된 애슐리는 금발의 미녀 소셜라이트(사교계 명사)로, 재즈의 본고장으로 유명한 미국 남부 뉴올리언스 출신이다. 애슐리를 유명 소셜라이트로 만든 것은 그녀의 화려한 출신 배경과 멋진 스타일링, 아름다운 외모가 아닌 뉴욕과 보스턴에서 그녀가 주도해 기획했던 수많은 비영리 자선단체 후원 행사들이었다. 한마디로 그녀의 삶의 태도가 멋지기 때문이었다.

에르메스, 샤넬, 버버리 등 수많은 명품 브랜드들과의 협업으로 다양한 자선단체들의 든든한 후원자 역할을 하던 애슐리를 처음 만난 것은 보스턴 트렁크쇼 행사 때였다. 그녀는 유나양 컬렉션을 구경하러 왔다가 금사로 짠 비딩 튜닉을 구매해 입고 컬렉션이 마음에 든다며 행사 내내 나보다 더 내 브랜드에 대해 열띠게 홍보하더니, 그해 가을 '보그 패션스 나이트 아웃Vogue Fashion's Night Out'(미국 〈보그〉 지에서 주관하는, 브랜드들의 상품 판매를 촉진하기 위한 행사)에서 보스턴 삭스 피프스 애비뉴 백화점과 함께 대가도 바라지 않고 무료로 유나양 패션쇼 기획자로 활동하며 브랜드 홍보를 힘껏 도왔다. 삭스 피프스 애비뉴 백화점에서 패션쇼에 필요한 모든 비용과 홍보를 지원하는 파격적인 조건이었다. 감사 인사를 하는 나에게 애슐리는 이렇게 말했다.

"옷 한 벌 한 벌에 정성이 가득한 컬렉션이 정말 마음에 들어. 더 많이 사람들에게 보여주고 싶어. 너처럼 프로페셔널하고 나이스한 사람은 도와야 하는 게 마땅해. 내가 너의 치어리더가 되어

줄게.”

어떻게든 보답하고 싶어 하는 나에게 애슐리는 연신 괜찮다며 거절했다. 나는 그래도 이 고마움을 꼭 되갚고 싶다고, 방법이 없는지 물었다. 그녀는 싱긋 웃으며 대답했다.

“유나, 네 마음이 정 그렇다면 방법이 하나 있어. 도움을 필요로 하는 사람을 만나면 너의 재능을 나누어줘.”

애슐리는 순수한 마음으로 나눔을 실천하는 사람이었다. 내가 그녀에게 이득이 될 것이 하나도 없는데….

나는 닉 캐논과의 프로젝트 캔버스 협업이 계기가 되어 마스터 클래스를 진행하며 인연을 맺게 된 로우 맨해튼(맨해튼 남쪽 지역) 의 저소득층 청소년들을 위한 아트 & 디자인 고등학교에서 졸업 쇼 심사위원으로 참석했다. 재료비를 절약하기 위해 천 대신 버려진 신문지로 의상들을 제작하고 학생들이 직접 패션쇼 모델로 참여한 참신한 쇼였다. 학생들은 창의적인 결과물로 나를 또 한 번 놀라게 했다. 함께 심사위원으로 참여한 패션계 인사들에게 나는 “나의 경험을 나누는 것뿐인데 이상하게 가슴 벅차게 설레. 정말 특별한 경험이야”라고 말했다. 다른 심사위원들도 공감했는지 고개를 끄덕였다.

그때 나는 생각했다. 경험과 재능을 나눌 수 있는 이런 기회가 더 많아졌으면 좋겠다고.

나에게 영감을 준 사람들의 가르침과 경험을 토대로 나는 나만의 브랜드를 키워내는 것과 동시에 선순환적인 프로젝트에 관심을 가지기 시작했다. 내 브랜드를 잘 키워내는 것도 상생에 이바지하는 일이지만 나와 함께 일하지 않는 사람들에게도 내가 경험한 시스템과 경험을 전파하고 싶은 의지가 생기던 무렵, 우연히 읽게 된 뉴스가 나의 마음을 움직였다. 서울의 구두 생산자들의 임금이 매우 낮아 브랜드들과 마찰이 심하다는 내용의 기사였다. 구두 한 켤레 공임의 가격을 보고 댓글에는 '대기업의 횡포다' 하는 등의 의견이 대부분이었지만 전문가인 나의 시선에서는 시스템의 문제라고 생각되었다. 기업을 운영하고 상품을 판매하는 과정에서 단가의 협상이나 서로에 대한 양보는 당연한 것인데 시스템이 잘 구축되어 있지 않으면 마찰이 생기기 마련이기 때문이다. 나는 뉴욕의 코트라와 산업자원부 영사관님에게 뉴스를 공유했다.

'시스템을 잘 구축할 수 있다는 선례를 보여주는 프로젝트가 있다면 힘껏 돕겠다.'

그로부터 2년 후 코트라에서 '사회적가치실'을 발족하며 첫 번째 프로젝트로 나에게 도움을 청했다. 밀려 있던 다른 협업 때문에 논의를 시작한 후 1년이 지나서야 프로젝트가 시작될 수 있었다. 코트라를 통해 추천받은 세 브랜드들의 브랜딩부터 디자인, 마케팅 전략, 판매 노하우까지 전수해주는 규모가 큰 프로젝트였다. 새로운 브랜드 세 개를 재탄생시켜야 하는, 고되고 스트레스가 심한 프로젝트이기도 했다. 개인적으로 부담감이 큰 일이었지만 나와의 협업이 좋은 선례로 남아 이후에 다른 분야의 전문가들이 계속해주기를 바라는 마음에서 최선을 다해 도왔다.

세 개의 브랜드는 각자의 사회적 의미를 가지고 있었다. '아지오'는 시각장애인들이 만드는 브랜드, '템즈'는 '가죽소년단'이라는 성동구의 청년들이 만든 공방으로 지역사회의 은퇴자들과 함께 수공예로 가방을 만드는 브랜드다. '원'은 젊은 청년 창업자가 만든 브랜드로 특색 있는 프린트와 소재가 강점이었다.

프로젝트에 도움을 줄 수 있는 멘토들로 구두 디자이너와 가방 브랜드 CEO도 어렵사리 설득해 영입했다. 다들 자신의 일만으로도 바빴지만 선순환과 상생이라는 키워드에 마음을 열었다. 현재 한국 패션시장은 중국에 추격당해 어려운 상황이다. 디자인적으로 뒤처져 있던 중국 브랜드들이 유럽 국가들의 수주를 통해 배운 노하우를 바탕으로 한국을 바짝 추월하거나 이미 앞서나가고 있다. 거대한 내수시장의 규모와 동남아의 중화권 시장들도 중국 브랜드와 중국계 디자이너들의 힘이다. 최근에는 중국뿐만 아니라 말레이시아, 인도네시아, 태국 등 동남아시아 강국들도 바짝 추격

하고 있는 중이다. 디자인 퀄리티와 상품 경쟁력을 높여서 이겨내야 하는 길고 힘든 싸움이다.

상품이 판매되기 위해서는 삼박자가 모두 맞아야 한다. 첫째, 타깃 고객층에 대한 확실한 이해가 필요하다. 둘째, 자신의 브랜드 포지셔닝에 대한 냉정한 고민이 있어야 한다. 셋째, 타깃 고객과 브랜드 포지셔닝에 맞는 유통과 협업해야 한다. 이 모든 과정에는 오랜 시간, 지속적인 업데이트, 끈기와 인내심이 필요하다. 끊임없는 자기계발 없이는 요즘처럼 인터넷이 발달해 전 세계 브랜드들과 경쟁해야 하는 시대에 살아남을 수 없다. 나와 멘토들은 우리가 시행착오 과정에서 깨달은 노하우들을 아낌없이 전수했다. 사회적 기업이기 때문에 상품을 사주어야 한다는 식의 판매가 아니라 상품이 너무 좋아 구매하려고 했더니 사회적 기업이었다는 방식의 판매 전략을 짜야 한다는 마음가짐도 필요했다. 자생력을 키워야 했다.

프로젝트 초반, 새로운 시도에 거부반응을 보이던 브랜드들은 점차 신뢰를 쌓아가며 최선을 다해 프로젝트에 임했다. 협업은 항상 어렵다. 특히 여러 브랜드들이 함께 뭉쳐 하나의 스토리를 만들어내야 하는 프로젝트의 총괄 디렉터로 일할 때면 내가 마치 오케스트라의 지휘자가 된 것 같은 생각이 든다. 각자의 능력과 장점을 최대치로 끌어올리면서도 자신만의 이익을 앞세우지 않고 하나의 하모니를 만들어내야 하기에.

노자는 '지족知足'과 '지지知止'를 이야기했다. 여기서 '지족'은 만족할 줄 안다는 뜻이고, '지지'는 멈출 줄 안다는 뜻이다. 지족지지. 적당히 만족할 줄 알면 항상 만족할 수 있다는 의미다. 성공적인 협업을 위해 그 과정에 참여한 모든 관계자들에게 꼭 필요한 덕목이다. 각자의 이익을 조금씩 양보하여 분열을 없애고 하나의 하모니를 만들어내는 과정만이 성공적인 결과로 이어지고 이것이 곧 협업의 묘미다.

아무리 좋은 상품도 유통 판로를 개척하지 못하면 사라질 수밖에 없다는 것을 아는 나는 서울 시내 한복판에 있는 롯데백화점 본점의 가장 좋은 위치에 팝업 스토어 자리를 내달라고 요청했다. 다소 당황해하는 바이어에게 나는 "제가 책임지겠습니다"라고 말했다.

빠듯한 예산에 매장 인테리어까지 직접 디자인한 팝업 스토어 오프닝 날, 나는 바이어에게 자신만만하게 이야기했다.

"오늘 우리는 2층에서 최고의 매출을 올릴 거예요!"

"선생님! 사회적 기업 프로젝트라 선순환적인 관점에서 하는 프로젝트이니 너무 무리하지 마세요."

"사회적 기업도 같은 조건에서 다른 브랜드들과 경쟁했을 때

성과를 올릴 수 있도록 상품력을 키워야 해요. 지난 몇 달간 우리는 그 부분을 중점적으로 최선을 다했어요. 오늘 결과로 증명해 보일게요."

나의 바람대로 오프닝 첫날 우리 매장은 문전성시를 이루었고 다 함께 활짝 웃을 수 있는 결과표를 받아들었다. 불가능할 것만 같았던 우리의 프로젝트는 성공했고, 참여했던 브랜드들은 차후 다양한 유통들에서 러브콜을 받았다. '도와준다'라는 관점에서의 시혜적인 도움보다는 자신이 가진 노하우를 필요한 사람들과 나누는 것. 진정한 상생이란 이런 것이 아닐까?

사회적 기업 멘토링 프로젝트의 팝업 스토어 디자인

사회적 기업
멘토링 프로젝트의
상품들

진심으로
사람을 대하는 자세

경청의 힘

아버지는 내가 어릴 때부터 지금까지 나의 결정이나 인생에 대해 최소한의 조언만 하신다.

2013년 서울 갤러리아 백화점 행사를 위해 귀국한 나를 지켜보신 아버지는 뉴욕으로 돌아가기 전날, "앞으로 너는 굿 리스너good listener가 되어야 해. 경청하는 자세를 항상 가져라"라는 조언을 해주셨다. 아버지의 조언을 듣고 돌아가던 비행기 안에서 나는 그 말의 의미를 곰곰 되새겨보았다.

'경청의 의미가 뭘까?'

아버지의 '경청하라'는 조언은 많은 의미를 내포하고 있었다. 브랜드 초기에는 나의 집념과 의지로 브랜드를 키워 나갔지만, 더 큰 발전을 위해서는 다른 사람들의 말을 귀 기울여 듣고, 공감하고, 말 속에 들어 있는 깊은 뜻까지 이해해야 한다는 조언이었다. 겸손한 자세로 타인의 조언을 받아들이는 자세. 사람의 마음을 가질 수 있는 대화법. 이 모든 것들이 '경청하라'는 조언 한마디에 담겨 있었다.

그 이후로 나는 어떤 결정을 내릴 때마다 꼭 팀원들에게 되물어본다. "너라면 어떻게 결정할 것 같아?", "너는 어떻게 생각해?" 또한 문제가 닥쳐왔을 때, 그 문제에 가장 적절한 조언을 해줄 수 있는 사람을 찾아가 문의하고 배움을 청한다. 유명 인사나 이미 검증된 성공을 거둔 사람만이 아닌, 나와 함께 일하는 팀원들, 우리 브랜드를 사랑하는 고객들의 한마디 한마디 속에서도 큰 배움을 얻을 수 있다. 상대방의 진심을 읽기 위해 경청은 필수다. 내가 오랜 고민 끝에 내린 '경청'의 의미는 '진심으로 사람을 대하는 자세'다. 진심으로 사람을 대하는 자세를 가져야만 '경청'에 이를 수 있다.

패션계 일을 시작한 밀라노 시절부터 지금까지 사람들은 내게 파티에 열심히 다니며 인맥을 넓히라는 조언을 하곤 한다. 나는 내가 진심으로 대하고 싶은 사람들이 모이는 소규모 모임을 제외

한 대규모 인맥 관리용 파티에 가는 것을 별로 내켜하지 않는다. 일을 마치고 나면 너무 피곤하기도 하거니와 2분에서 5분 정도씩 이어지는 '스몰 토크'도 내 취향이 아니기 때문이다. 좋은 인맥은 내가 찾아다니며 억지로 만드는 것이 아니라 매 순간 진심으로 상대방을 대하고 존중하는 마음이 차곡차곡 쌓여서 만들어지는 것이라고 나는 믿는다.

나의 경력을 보고 많은 사람들이 "어떻게 유명 유통업체와 일하게 되었느냐? 인맥 관리는 어떻게 하느냐?"라고 묻곤 한다. 내가 해줄 수 있는 대답은 매우 간단하다. 함께 일한 사람들에게 믿음을 주니 동료들이 나의 추천인이 되고, 그들이 다시 또 다른 기회를 소개시켜준 것이 내 인맥의 전부다. 성공하고 싶다면 나 자신이 누군가에게 함께 일하고 싶은 사람이 되어야 한다. 결국엔 자신과의 싸움인 셈이다.

이세탄 신주쿠점 홀리데이 시즌 행사의 성공은 일본 간사이 지방의 명품 백화점인 우메다 한큐 백화점의 2017년 벚꽃 시즌 캡슐 컬렉션 개최로 이어졌다. 간사이 지방은 지금의 도쿄로 수도를 옮기기 전까지 1천여 년간 수도였던 교토를 포함하는 지역이다. 우메다 한큐 백화점은 간사이 지방의 자존심으로, 하루 유동 인구가 어마어마한 오사카역과 연결되어 있다.

한큐 백화점이 일본 서부에서 사랑받는 명품 백화점으로 독보적으로 자리 잡은 데는 재미있는 일화가 있다. 1930년대 경제 대공황 시대에 한큐 백화점 식품관의 최고 인기 메뉴는 카레라이스였다. 그러나 불경기에 주머니 사정이 어려웠던 서민들은 카레를 시키는 돈이 아까워 밥만 시키고 무료로 제공되는 우스터소스를 뿌려 먹었다. 직원들은 매출에 도움이 되지 않는 고객들을 반기지 않았지만 한큐 백화점의 창립자 고바야시 이치조는 '한큐 백화점은 맨밥을 시키는 고객도 환영합니다'라는 광고를 내걸었다. 지금도 간사이 지방 사람들은 한큐 백화점에서 쇼핑을 하는 것에 큰 자부심을 느낀다.

일본 최대 축제이자 전 세계 관광객들이 오사카로 모여들어 매출 경쟁이 가장 심한 벚꽃 시즌에 캡슐 컬렉션을 진행하게 된 유나양 디자인팀은 오사카 사람들의 활발하고 진취적인 기운에 영감을 받아 2016년 뉴욕 패션위크 쇼에서 선보였던 벚꽃 프린트를 재해석해 블랙 백그라운드에 강렬한 핫핑크 컬러로 벚꽃을 과감하게 디자인한 프린트를 대표 상품으로 제시했다. 기존에 다른 브랜드에서 보여줬던 연한 핑크색 계통의 하늘하늘한 벚꽃 이미지와는 상반된 느낌을 주는 마치 밤하늘에 벚꽃을 수놓은 듯 표현한 강렬한 벚꽃 이미지였다.

벚꽃 캡슐 컬렉션

자신감 있게 준비한 컬렉션을 일본 세일즈 에이전트에게 마감 일정에 맞춰 배송하고, 매장 오픈 전날 오사카에 도착하자마자 시차에 적응할 새도 없이 한큐 백화점으로 향했다. 상품 진열이 이미 끝나 있어야 했던 매장 주변에는 사람들이 모여 웅성이고 있었다.

　'뭐가 잘못된 거지?'

　알고 보니 함께 일하던 세일즈 에이전트가 건강상의 이유로 상품 정리 및 진열을 제시간에 마치지 못해 플로어 매니저와 바이어들이 합심해 도와주고 있던 상황이었다. 나도 그 대열에 합류해 허겁지겁 겨우 대략적인 상품 진열을 마쳤지만 처음 계획보다는 많이 부족했다.

　'조금 더 꼼꼼하게 세일즈 에이전트의 진행 상황을 챙겼으면 상황이 나았을까?'

　나는 누군가에게 일을 맡기면 절대적으로 신뢰하는 편이다. 절대적인 신뢰가 팀원들에게 책임감을 느끼게 하고 결과적으로는 프로젝트의 성공으로 이어진다고 믿기 때문이다. 하지만 가끔은 나의 순진한 믿음 때문에 일을 그르치기도 한다.

　'사람마다 일하는 방식이 다른데, 내가 방심했구나.'

　나 자신에 대한 자책으로 기분이 착잡했다. 이 행사를 위해 뉴욕의 팀원들과 함께 수많은 밤을 지새우며 힘들게 준비했다. 좋지 않은 결과를 들고 돌아가면 실망할 팀원들 얼굴을 생각하니 이렇게 처져 있을 수만은 없었다. '괜찮아. 만회할 수 있어.' 나는 마음을 다잡았다.

오프닝 날, 세일즈 에이전트가 고용한 세일즈 직원들을 만난 나는 망연자실할 수밖에 없었다. 한 명은 고가 상품은커녕 의류나 패션 아이템은 판매해본 경험이 전혀 없는 직원이었고, 다른 한 명은 근래에 티셔츠 브랜드 세일즈를 해본 경험이 전부였다. 며칠 동안 나는 매장 오픈 시간부터 마감 때까지 함께하며 세일즈를 도왔다. 덕분에 생소한 브랜드에 대한 고객들의 반응을 눈앞에서 확인할 수 있었다. "소재는 마음에 드는데 실루엣이 제 체형과는 맞지 않네요." "디자인이 아름다운데 소재가 너무 고급이라 세탁하기 어려울 것 같아요." "이 스타일은 마음에 드는데 다른 브랜드에서도 비슷한 스타일을 본 것 같아요." "브랜드 스토리에 대해서 조금 더 듣고 싶어요." 고객은 항상 감사한 분들이다. 고객들의 솔직한 피드백은 돈을 주고도 살 수 없는 가르침이었다.

다행히 현장에 영어를 하는 세일즈 직원이 있어 의사소통은 가능했고 겨우 몇 피스를 판매할 수 있었다. 고된 며칠이 지나고 도쿄에서 나의 친구 유카가 도착했다. 유카는 센트럴 세인트 마틴스 여성복 코스 동기로 일본 북부 홋카이도 출신이다. 디자인 재능도 뛰어나 나보다 디자인 성적이 좋았던 친구인데, 졸업 후 평생을 새로운 디자인을 하고 경쟁하는 삶이 버겁다며 도쿄로 돌아와 세일즈로 진로를 전향했다. 학창 시절 조용하고 내성적이던 유카가 세일즈를 한다는 것이 처음에는 조금 의아했다.

이세탄 신주쿠점 행사 때 다시 만나게 된 유카는 미츠코시 백화점 식품부에서 일하고 있다며 다음에 일본에서 행사를 하게 될 때 도움을 주고 싶다면서 자신을 꼭 불러달라고 말했다. 한큐 백화점 행사가 결정되자마자 나는 세일즈 에이전트까지 고용한 티라 준비가 미숙할 거라는 생각은 꿈에도 하지 못한 채 유카와 교토나 나라 같은 근교 도시들을 여행할 생각으로 그녀에게 연락을 취했었다. 오사카가 처음인 내가 "우리 같이 오코노미야키 먹어야지" 하자 유카는 흔쾌히 오사카로 오기로 했던 것이다.

망연자실한 시간을 보낸 나의 이야기를 조용히 듣던 유카는 웃으며 말했다. "괜찮아. 내가 왔잖아. 이제 안심해." 유카는 함께 일하는 세일즈 직원들을 다독이며 상품 하나하나를 유심히 들여다보고 공부하더니 신들린 사람처럼 판매 실적을 올렸다. 세일즈의 여왕 유카 덕분에 한큐 백화점 벚꽃 시즌 캡슐 컬렉션 행사는 성공리에 마칠 수 있었다. 뿐만 아니라 우리의 노력과 가능성을 눈여겨본 바이어의 적극적인 추천 덕분에 2018년에는 해외 디자이너로는 유일하게 한큐 백화점 '4인의 크리에이터'에 선정되어 2017년부터 2019년까지 3년 연속으로 명품들이 즐비한 한큐 백화점 3층에서 열리는 벚꽃 시즌 행사에 초청받을 수 있었다.

2018년 오사카 패션위크 기간에 진행된 'Bloom(꽃이 피다), 주목해야 할 4인의 크리에이터 전시회' 행사에 초대받은 것은 유나양 브랜드에게나 나 개인적으로나 영광이었다. 초기 기획은 일본의 떠오르는 디자이너 3인을 초대해 봄 시즌에 주목해야 하는 컬렉션들로 전시회를 열 예정이었는데, 바이어의 적극적인 권유로 외국 디자이너로는 유일하게 합류, 4인의 크리에이터에 선정되었다.

이 행사는 명품 브랜드들만 판매하는 여성복 3층 매장 한가운데에서 치러졌는데, 오사카에서 가장 유명한 플로리스트가 꽃으로 만든 멋진 조형물도 함께 전시해 압도적인 분위기를 연출했다. 형형색색 아름다운 꽃들로 가득히 장식되어 마치 깨고 싶지 않은 꿈속에 있는 것만 같았다. 백화점 한 층 전체를 꽃들이 만개한 정원으로 재탄생시킨 것이다.

다른 세 명의 일본 디자이너들은 드라마 협업이나 유명 아티스트 등으로 이미 이름이 널리 알려진 디자이너들이었다. 우리 팀에는 2017년 벚꽃 시즌 캡슐 컬렉션 행사를 성공적으로 이끈 유카와 고지마상이 팀원으로 합류했고, 우리는 아침마다 매장 오픈 전 "이치방─番(일등)!"을 외치고 행사를 시작했다. 처음 며칠은 웃기만 하던 플로어 매니저들까지도 우리 팀만 보면 '이치방 팀'이라며 응원해주었다.

나는 행사 내내 매장에 서서 고객들을 응대했다. 방문한 고객들과 아름답게 꾸며진 조형물 앞에서 함께 사진을 찍는 행사도 기획했다. 그때 만났던 고객들 중 오사카 근교의 유명한 관광 도시인 나라에서 나를 만나기 위해 방문한 여고생이 특히 기억에 남는다. 패션디자이너가 꿈이라는 그 여고생은 '당신은 나의 롤모델. 당신의 작품을 보고 감동했습니다'라는 문구로 시작하는 장문의 손 편지를 전달하기 위해 매장을 두 번이나 방문해 나의 눈시울을 젖게 만들었다. 미국도, 한국도, 내가 활동했던 유럽도 아닌 일본의 한 고도古都에서 나를 지켜보는 팬이 있다는 사실에 감동했다. 후쿠오카에서 막내딸 졸업식 의상을 구매하기 위해 방문한 가족은 "디자이너가 직접 추천해준 의상을 입고 졸업하다니 최고의 졸업 선물을 받았다"라며 예의를 갖춘 인사를 건네 나에게 큰 보람을 느끼게 해주었다.

나는 특별 행사가 아닐 때도 종종 디자이너임을 숨기고 매장에 서 있곤 한다. 매장 직원들을 통해서 전해 듣는, 걸러진 이야기들이 아닌 고객들의 솔직하고 생생한 이야기를 경청하고 싶어서다. 현장에서 깨우치는 가르침은 돈을 주고도 살 수 없는 최고의 배움이다.

"상품의 퀄리티에 비해 가격이 낮게 측정된 것 아닌가요? 디자이너 분께 이익이 남을지 걱정됩니다."

"벚꽃 무늬가 있는 상품들을 딸의 18세 생일에 주려고 수집 중인데 기존에 보지 못하던 스타일들이 많아 3년 연속으로 구매하고 있습니다."

2018년 행사 때는 첫해와는 달리 긍정적인 반응들이 많았다. 행사 마지막 날 담당 바이어가 활짝 웃으며 미팅을 요청했다.

"일반적으로 유명 명품 브랜드들도 20~30퍼센트를 넘기가 힘든데, 구매 고객의 50퍼센트 이상이 VVIP 블랙카드 홀더(한큐의 매출을 책임지는 0.1퍼센트 최상위 고객 그룹) 고객들입니다. 모두 놀랐습니다."

가장 까다롭다는 일본 최상위 고객들의 만족을 이끌어냈다는 결과에 나는 날아오를 듯 기뻤다. 성공적인 행사를 기념하며 마지막 날에는 다 함께 오사카 강가에 만개한 벚꽃을 구경하며 즐겁고 신나게 보냈다.

무엇보다 유카에게 너무 고마웠다. 내가 별로 도움이 되어준 적도 없는데 이렇게 열심히 일해주다니…. 조용한 성격의 유카의 저력에 놀랐고 그녀만의 노하우가 궁금했다.

"유카, 너의 세일즈 노하우는 뭐야?"

"내가 미츠코시 백화점 판매왕에게 배운 노하우는 경청과 명상이야. 명상을 하며 나 자신을 먼저 다독여. 오늘도 나 자신을 믿고 잘할 수 있다고. 그리고 생각하지. 오늘 고객들과 나누고 싶은 유나양 컬렉션의 스토리를. 어떻게 고객들의 삶에 스토리를 선물할까 고민하는 거야. 진심으로 자신이 판매하는 상품에 대한 스토리를 선사할 때 고객의 마음이 움직여."

예상치 못한 대답이었다. 유카와의 대화를 통해 나는 유나양의 의상을 입은 고객들의 삶에 새로운 스토리를 선사하는 마술 같은 순간을 선물할 수 있는 컬렉션을 창조해내고 싶다는 소망을 마음속에 새롭게 품게 되었다.

매일 아침 일어나 머릿속으로 하루의 목표를 짜고 명상하며 자신감을 다지는 사람. 고객들과의 대화를 경청하고 진심을 다해 조언하는 사람. 고가의 신생 브랜드를 홍보하고 판매하는 것은 정말 어려운 일인데, 유카의 진심이 바이어와 고객에게 전달되어 좋은 성과를 얻었다. 인맥이든 일이든 세상만사 모든 일에서 '진심'을 이기는 것은 없었다.

벚꽃 프린트를 응용한
2016 S/S 뉴욕 패션위크 컬렉션

03

다르게 걷기

어려움에 대응하는
나의 방법

정공법

나는 문제가 생기면 뒤에 숨거나 다른 사람에게 책임을 전가하지 않는다. 문제 해결에 있어서 정공법은 항상 옳다. 인간관계에서든, 회사 계약 문제든, 미묘한 줄다리기를 해야 하는 협상 과정이든 상관없다. 나는 항상 정면 돌파로 문제를 해결한다.

이를테면 내가 잘할 수 있는 일과 그렇지 않은 일에 대해 정확하게 파악하고 정직하게 공유한다. 회사가 위기 상황일 때도 마찬가지다. 팀원들이나 협력사에게 현재의 상황을 솔직히 공유한다. 파트너사와 협업할 때도 마찬가지다. 회사의 규모가 크든 작든, 인지도가 높든 낮든 유명한 고객이든 그렇지 않든 유나양은 항상 동일한 조건과 회사 규정대로 대응한다. 공정한 원칙으로 모두에게 평등한 룰을 적용한다.

유나양이 협업하는 패브릭 공방들은 전 세계 하이엔드 패션 브랜드들에 납품하는 업체들이 대부분이다. 이 공방들은 4대 패션위크에 컬렉션을 소개하는 브랜드들과 거래하기 때문에 동일한 스타일의 소재를 다른 브랜드에게는 납품할 수 없다는 암묵적인 업계의 동의가 존재한다. 패션업계 내부에서 지켜야 할 '상도의'다. 공방들 입장에서는 한 벌이라도 더 판매가 되는 브랜드에 자신들의 소재를 판매하는 것이 이득이고 이런 연유로 니치 하이엔드 브랜드들은 최상의 소재를 선점하는 것이 쉽지 않다. 다행히 나는 유럽에서 일할 때 좋은 관계를 유지했던 공방들과 초기부터 협업을 했지만, 지속적으로 새로운 소재와 공방을 늘려 나가야 하는 상황 속에서 우리의 비전을 제시하고 설득하는 것이 쉽지 않았다.

한번은 내가 이태리어를 잘하는 줄 모르는 공방 세일즈 디렉터가 내 눈앞에서 동료에게 이태리어로 "이 브랜드 컬렉션은 마음에 드는데 아직 규모가 작아서 독점으로 납품하기는 어려울 것 같아. 그러니 최상급 디자인은 내놓지 말자"라고 말했다. 그곳은 프린트가 유명한 공방으로 꼭 우리의 협력업체 리스트에 넣고 싶었던 공방이었다. 나는 그때도 정공법으로 대응했다.

"미안하지만 내가 이태리어를 잘해. 그래서 지금 네가 한 이야기를 다 알아들었어. 네 상황과 입장이 충분히 이해가 돼. 나라도 회사의 이익을 위해 같은 생각을 했을 거야. 하지만 마크 제이콥스(루이 비통 크리에이티브 디렉터로 활동했던 뉴욕의 간판스타 디자이너)도 처음부터 지금의 마크 제이콥스가 아니었던 것처럼 나도 10년 후에는 지금의 유나양이 아닐지도 모르잖아. 앞으로도 몇 년 동안 우리는 소량밖에 수주를 못할지도 모르지만 네가 '우리 소재를 이용해서 이렇게 멋지게 만들어낼 수 있다니' 하고 감동할 수 있도록 최고의 컬렉션으로 보답할게. 그리고 언젠가 네가 어려울 때 그 자리에는 유나양 컬렉션이 있을 거야."

내 말이 끝나자 공방 세일즈 디렉터는 아무 말 없이 숨겨놓았던 소재들을 보여주었다. 7년이 지난 지금, 우리는 여전히 협업하고 있다.

상황이 복잡하고 어려울 때는 더더욱 정공법을 택해야 한다. 브랜드를 론칭하고 몇 시즌이 지났을 때였다. 바이어에게 주문받은 물량을 믿고 일하던 공방에 맡겼다. 항상 최고의 퀄리티로 잘 해오던 곳이고 관계도 좋았기 때문에 생산 담당자에게 상품 입고일 3주 전까지 유선상으로만 진행 상황을 확인시키고 직접 공방을 방문하지는 않았었다. 입고 마감 2주 전, 공방을 방문하고 온 생산 담당자가 얼굴이 새하얗게 질려서 돌아왔다.

"우리 물량을 시작조차 안 하고 있었어. 지금 당장 계약한 금액보다 생산 단가를 인상해주지 않으면 생산을 안 해주겠다고 하는데… 지금 2주밖에 남지 않아서 다른 공방에 맡기는 건 불가능해. 어떻게 할까?"

나는 믿었던 공방에서 일어난 일이라 납기일을 맞추지 못한다는 불안감보다 배신감에 더 큰 충격을 받았다. 함께 동고동락하고, 우리가 어려웠을 때도 항상 대금을 어기지 않고 지불한 업체인데 어떻게 이럴 수가. 게다가 이미 서로 단가에 대한 협의까지 모두 마친 상태였다.

여기저기 공방에 연락을 돌리는 담당자를 뒤로하고 나는 우선 일찍 퇴근해 조용히 고민해보기로 했다. 맨해튼 패션 디스트릭트에 외국에서 온 어린 동양 여성 혼자 시작한 브랜드라는 소문이 나서 우리 브랜드를 만만히 보고 불공정한 조건들을 제시하던 업체가 많던 시기였다. 이번에 이대로 물러나면 어차피 1년도 못 버티고 브랜드를 접어야 한다. 패션디자인은 아트와 달리 절대 혼자서는 할 수 없는 일이다. 이대로 포기할 순 없었다. 포기가 아닌 다른 방법을 선택해야 했다.

'수주 물량을 생산해주는 곳이 없으면 우리가 생산해버리면 된다.'

그다음 날, 회사에 출근해 공업용 재봉틀을 여러 대 대여하고 인맥을 최대한 동원해 재봉 장인들을 면접하기 시작했다. 파트타임 포지션이라 다들 손사래를 쳐서 퇴근 후 파트타임으로 아르바이트를 하는 방식을 제시했다. 내 책상이 있던 자리에는 천을 자를 수 있는 큼지막한 커팅 테이블을 주문해 설치했다. 근무 시간에는 나를 비롯해 커팅 경력이 있는 팀원들이 하루 종일 소재를 커팅하고, 퇴근 후에는 내가 남아 밤늦게까지 재봉 장인들과 봉재를 진행했다. 함께 일하던 재봉 장인들이 재단사들까지 소개해주면서 작업에 속도가 붙기 시작했다. 약속한 입고 날짜 하루 전, 기적처럼 납기 물량을 맞출 수 있었다. 이 사건 이후 뉴욕 패션 디스트릭트에는 '유나 양 독하다', '무서운 유나'라는 소문이 돌았다.

　공정하지 못한 행동에 타협해버리면 좋지 않은 선례를 남긴다. 우리에게 친절하지 않은 사람에게 친절을 베풀 필요는 없다. 나의 권리를 지키려 시시비비를 가리려는 노력도 허무함만 안길 뿐이다. 가장 어려운 순간에는 마음속의 두려움을 이겨내고, 단순하게 생각하고 고심하되, 속도감 있고 단호하게 대처해야 한다. 가장 소중한 나 자신과 나의 시간을 지키기 위해 나의 길을 당당하게 걸어가면 된다.

진짜가 아니면
아무 소용없는 거니까

말을 잘한다는 것

어렸을 때부터 내 주변에는 언어를 잘하는 사람들이 많았다. 언니와 남동생만 하더라도 나보다 언어능력이 뛰어나고 영어 발음이 좋아서 학창 시절 어머니는 늘 "왜 너만 영어 발음이 나쁘지?" 하며 걱정하시곤 했다. 언니와 남동생 사이에 낀 둘째인 나는 언니 공부 살피랴 어린 동생 돌보랴 항상 바빴던 어머니 덕에 어린 시절 자유를 만끽하며 컸다. 유치원 때는 다른 친구들보다 말도 느렸고, 다들 집에서 배우는 ㄱ, ㄴ, ㄷ도 몰라 선생님들 걱정을 한 몸에 받았다. 그런 나를 두고 어머니는 "학교 들어가면 다 배울 건데 미리 가르칠 필요 있을까요?" 하고 유치원 선생님께 당당히 말

쓱하셨고, 난 마음속으로 '야호!' 쾌재를 부르며 내가 하고 싶었던 그림 그리기나 노래 부르기 수업에만 집중했던 기억이 난다.

내가 다녔던 이대부고는 한 학년이 이과 세 반, 문과 세 반으로 300명 남짓인 작은 고등학교였다. 학생 수가 적다 보니 내신 등급을 따기도 힘들어서 중간고사, 기말고사에서 한두 문제 차이로 등급이 밀리기도 했다. 나는 국어, 역사, 과학, 수학을 좋아해 그 과목들은 점수가 높았는데, 한문과 영어는 항상 점수가 낮아 골치였다. 영어나 한문은 평소에 사용할 일도 별로 없고 재미도 없어서 '난 한국에서 살 건데 이런 걸 왜 배워야 하나' 투덜대며 울며 겨자 먹는 심정으로 공부하곤 했다. 수능을 치를 때는 영어는 흥미도 없고 생각하기는 더 귀찮아서 단어를 이해하고 공부하기보다 예상 문제집들을 사서 통째로 질문과 답변을 외워버렸다.

치열했던 수능을 치르고 대학에 진학해 주변을 둘러보니 외국어 잘하는 친구들이 수두룩했다. 어릴 때 해외에서 산 경험이 있어 거의 네이티브 수준으로 영어를 하는 친구, 주재원인 부모님을 따라 여러 나라에 거주해 영어뿐 아니라 제2외국어도 잘하는 친구, 그도 아니면 방학 때마다 어학연수를 가거나 영어 학원을 다니며 토익, 토플을 맹렬히 공부하는 친구들 사이에서 나는 단 한 번도 외국어에 관심이 있거나 외국어를 잘하는 사람이었던 적이 없었다. 그때도 난 여전히 '한국에서 살 건데 뭐. 영화도 나는 한국 영화가 더 재밌어'라고 생각했다. 밀라노에 가기 전까지 난 외국에 살아본 적도 없었고, 런던에 가기 전까지 영어를 잘해본 적도 없었다. 지금도 영어를 잘하는 편은 아니다. 비즈니스를 할 때도 유창한 영어 실력을 뽐내며 프로젝트를 따본 적이 없다.

나의 10살, 6살짜리 두 조카들만 해도 영어 배우기에 열심이다. 영어 유치원, 영어 학원, 영어 공부방… 영어를 배울 수 있는 수많은 장소들이 서울에 있는 것에 나는 놀랐다. 생각해보니 내가 어릴 때도 중학교 때 이미 대학교 수준의 영어 공부를 마친 자녀를 자랑스러워하는 친구 어머니들이 계셨다. 당시 나는 그게 너무 이상해서 "중학생이 도대체 왜 대학생 영어를 공부하지? 진짜 이상하다"라고 중얼거리다가 친구 어머니의 무서운 눈총을 받았던 기억이 있다.

영어를 잘 배우는 것도 중요하지만 가장 중요한 건 모국어인 한글을 먼저 잘 쓰고 잘 배우는 것이 아닐까? 내가 전 세계 어디에서 누구를 만나든 기본 소양이 뒤떨어져 보이지 않게 도움을 주는 모든 지식은 모국어인 한국어로 익힌 것이다. 초등학교 시절 배운 시 쓰는 법, 글짓기 대회에 나가려고 읽었던 다양한 에세이들, 스무 과목이 넘는 중·고등학교 시절의 교과서들조차 소중한 배움의 원천이었다.

일을 시작하면서 미국 회사들과 컨퍼런스 콜을 할 때마다 등에서 식은땀이 흘렀다. 만나서 얼굴을 마주하고 해도 어려운 미팅들을 시간을 절약하기 위해 유선으로 진행하는데, 그때만 해도 지금처럼 화상 미팅이 일반적이지 않았다. 짧게는 10분 남짓에서 길게는 한 시간까지 이어지는 긴 전화 미팅. 우리 팀은 고작 두세 명인데 상대편은 일고여덟 명이 들어와 서마다 한 마디씩 할 때면 영어 이름들을 구분하기도 어려워 옆에 노트를 펼쳐놓고 한글로 이름들을 써가며 미팅을 진행했다.

하루는 맨해튼 어퍼 이스트 사이드(전통적인 뉴욕 부자들이 사는 동네. 미국 드라마 〈가십 걸〉의 배경이 된 지역)의 매디슨 애비뉴에 있는 스토어 바이어와 전화 미팅을 하다가 둘 다 박장대소를 한 적이 있었다. 미국 철도 재벌이자 폴 매카트니의 부인인 유명 인사 낸시 쉬벨에게 우리 의상을 판매하기도 한 매디슨 애비뉴 스토어의 바이어는 외국인과 거래를 해본 경험이 별로 없는 보수적인 뉴욕 어퍼 이스트 출신이었다. 그가 나와 직접 새로운 컬렉션 스타일에 대해 의논하고 싶어 해서 우리는 통화를 나누게 되었는데, 그는 내가 무슨 소리를 하는지 못 알아듣겠다며 수화기 너머로 소리를 지르기 시작했다. 나는 덩달아 목소리를 높여 말했다.

"이봐, 난 한국 사람이라 한국어가 모국어고 영어는 외국어야. 영어를 좀 못할 수도 있지, 왜 소리를 질러? 못 알아듣는 네가 더 이상해. 나는 한국어 서툰 외국 사람들 말 다 알아듣거든?"

그러자 화를 내던 바이어가 어이가 없었는지 웃기 시작했다. 외국 사람인 내가 영어 혹은 이태리어를 서투르게 하는 게 뭐가 이상한가? 당연한 것 아닌가? 외국어가 서투르다고 서투른 사람이 되는 것은 아니지 않은가? 언어를 잘한다는 것과 말을 잘한다는 것은 엄연히 다르다. 말을 잘한다는 것은 무엇일까?

〈워킹 데드〉, 〈블랙 팬서〉로 유명한 다나이 구리라는 핫한 할리우드 스타다. 다나이는 짐바브웨에서 성장하여 아프리카계 여성들에게 꿈과 희망이 되기 위해 흑인 여성들을 소재로 한 연극들을 집필해 브로드웨이 무대에 올린 극작가이기도 하다. 그녀는 사회운동에도 열심이어서 여성 인권, 인종차별 문제에도 목소리를 높이는 할리우드의 지성파 배우다. 다나이는 유나양 컬렉션을 몇 번에 걸쳐 홍보 행사에 착용했는데, 한국 나무위키에 소개된 그녀의 포트레이트 사진에 유나양 컬렉션 민트 드레스를 입은 사진이 소개되어 있어 깜짝 놀란 적도 있다. 할리우드에서 똑똑하게 말 잘하기로 유명한 다나이와 LA 쇼룸에서 만났을 때 우리가 나눈 대화는 네 마디 남짓.

"와! 이 의상 딱 맘에 든다!"

"고마워."

다양한 브랜드들의 의상이 수백 벌 걸려 있던 쇼룸에서 그녀는 맨 처음 본, 오스트리아산 세 가지 다른 디자인의 블랙 레이스로 제작한 유나양 시그니처 블랙 레이스 드레스를 입어보더니 "바로 이거야!" 하며 스타일리스트와 하이 파이브를 하고, "만나서 반가웠어!"라고 말하며 특유의 환한 미소를 지으며 떠났다. 브랜드에 대한 화려한 설명도 의상에 대한 사세한 소개도 필요 없었다. 서로를 이해하기 위해서 정말 많은 말들이 필요할까? 우리는 종종 너무 많은 말들을 하려 노력하는 건 아닐까?

유나양을 착장한 다나이 구리라

영어로 소통이 어려운 일본 시장이나 유럽에서 비즈니스를 할 때도 언어능력보다 더 중요한 것은 서로의 눈빛이 통하는 믿음이었다. 컨퍼런스 콜을 할 때나 미팅을 할 때 나는 상대방에 비해 말을 적게 하는 편이다. 상대방의 이야기를 경청하고 나의 생각과 견해를 간단하게 피드백 하는 정도로만 말한다. 긴 단어들의 나열은 서로의 관계를 무미건조하게 만들 뿐이다. 멋지게 준비해간 자료나 열성적으로 컬렉션을 소개하는 단어들이 오히려 서로에게 부담감만 줄 때가 있다.

우리의 이익만을 추구하는 것이 아닌 프로젝트를 함께하는 파트너사의 이익 또한 깊이 있게 고심해서 나온 단어들, 프로젝트를 통해 선보일 수 있는 우리만의 능력, 너와 내가 아닌 '우리'가 되어야만 이룰 수 있는 것들에 대한 소망들이 소통되지 않는다면 많은 말들이 무슨 의미가 있을까?

말도 결국엔 마음이 통할 수 있게 도와주는 매개체가 아닌가? 결국 중요한 것은 마음이 통하는 것이다. 말을 잘한다는 것은 자기가 지킬 수 있는, 지키고 싶은 말들을 하는 것이다. 그 말들이 곧 신뢰가 된다. 어차피 진짜가 아니면 아무 소용없는 거니까.

함께 일하고 싶은
사람이 되는 것

성공적인 협업을 위하여

패션의 묘미는 팀워크다. 혼자서 고뇌하며 작업할 수 있는 아트와 달리 패션은 수많은 사람들이 함께 모여 팀을 이뤄 최고의 결과물을 만들어내는 '펀fun'한 분야다. 누구와 작업을 하고 어떻게 팀을 꾸리는가에 따라 브랜드의 색깔이 달라지기 때문에 '사람'이 전부인 분야이기도 하다.

우리 팀원들에게 패션위크 준비 기간 중 가장 신났던 때가 언제인지 물으면 대부분 비슷한 답변을 한다. 심혈을 기울여 창조한 컬렉션을 세상에 선보이는 짜릿한 순간을 위해 하나하나 준비하는 과정은 수많은 패션쇼를 치른 나에게도 설레는 시간이다.

모델 캐스팅 우리가 심혈을 기울여 제작한 컬렉션을 착장하고, 옷에 생명을 불어넣어줄 모델들을 선택하는 작업
피팅 선정된 모델들과 스타일리스트, 디자인팀, 크리에이티브 디렉터가 모여 누구에게 무엇을 어떻게 착장할지 고르는 과정
룩북&패션 필름 촬영 선정된 모델과 룩들을 시즌 콘셉트와 맞는 배경에서 사진 촬영하는 과정

설레는 이 모든 경험 중 모델 캐스팅 과정에서 나는 우리 콘셉트를 가장 잘 표현할 수 있는 모델들을 선정한다. 내가 처음 데뷔한 2010년만 하더라도 패션위크 쇼에 서는 모델들 대부분이 백인이었다. 패션위크가 끝나고 나면 유색 인종 모델을 쇼에 세워 다양성을 표현한 쇼들의 리스트가 새로운 시도에 도전하는 브랜드로 패션 매체에 소개될 정도였다. 유럽에서 디자이너로 일할 때도 한 쇼에 50여 명이 넘는 런웨이 모델들 중 동양 모델과 흑인 모델은 가뭄에 콩 나듯 한두 명 정도 간간이 있을 뿐이었다.

유나양은 데뷔 쇼부터 지금까지 다양한 인종의 모델 비율을 매 시즌 높여가고 있다. 뉴욕에서의 모델 캐스팅 과정은 각각의 개성을 지닌 전 세계 모델들을 만날 수 있어 즐겁다. 아시아 여성 독립 디자이너로서 나는 아시아 모델에 대한 애정이 남다른데, 특히 한국 모델에 대한 애착은 숨길 수가 없어, 한번은 스타일리스트 리

사가 시즌 중 가장 멋진 의상들을 한 손에 모아 들고 내 앞에 쑥 들어 올리며 "너의 한국 모델들 의상"이라며 방긋 웃었다.

패딩계의 샤넬로 불리는 몽클레르에도 자신의 이름이 붙은 패딩이 소개될 정도로 옷에 생명력을 불어넣는, 유나양 VIP 고객들이 "이 모델이 입은 의상이요!"라고 외치게 만드는 권지야, 수많은 뉴욕 패션위크 런웨이 쇼를 장식하며 뷰티 브랜드 바비브라운 모델로도 활동하는 박소민, 처음 서는 뉴욕 패션위크 쇼에서 매력적인 워킹과 당당한 카리스마로 뉴욕 패션계 유명 인사들을 사로잡은 이진이, 청순함과 세련됨을 함께 지닌 아이린 김, 우아한 자태로 이브닝드레스를 완벽하게 소화해낸 이혜정… 유나양과 함께 뉴욕 패션위크 런웨이를 장식한 자랑스러운 한국 모델들이다.

아름다운 외모만큼 돋보이는 건 한국 모델들의 성실함과 근성이다. 스타일리스트 알렉산드라는 "며칠 전 이탈리아 매거진 〈그라치아〉 화보 촬영을 하는데 한국 모델과 협업했어. 정신없는 맨해튼 지하철역이 촬영 장소였는데 지하철이 잠깐 멈춘 순간 재빨리 슛팅을 해야 했고 지나가는 행인들을 비켜가며 촬영하느라 스탭들 모두 녹초가 되어 '이제 그만 할까?'를 외치는데, 모델만이 '전 조금 더 촬영하고 싶어요. 몇 컷만 더 찍어보면 안 될까요?' 하더라. 한국 사람들 근성은 아무도 못 따라오는구나 생각했어. 너처럼"이라고 말하며 나에게 살짝 윙크를 보냈다.

유나양 뉴욕 패션위크 쇼에 선

모델 박소민

유나양 뉴욕 패션위크 쇼에 선

모델 권지야

디자이너가 옷을 창조해내는 사람이라면 스타일리스트는 창조된 옷을 멋지게 연출하는 사람이다. 같은 의상도 어떤 스타일리스트가 어떻게 스타일링을 하느냐에 따라 전혀 다른 느낌으로 연출되기도 하는데, 그 과정은 마치 '옷의 재탄생'처럼 느껴지기도 한다.

2018년 S/S 뉴욕 패션위크 컬렉션을 시작으로 세 번의 컬렉션 스타일링을 함께했던 리사는 〈마리끌레르〉의 에디터로 활동하다가 최근 10년 동안은 프리랜서 스타일리스트로 활동하며 브랜드 카탈로그나 웹사이트 온라인 세일즈 이미지 등을 스타일링하며 판매를 주목적으로 하는 상업적인 프로젝트만 맡아왔다. 유나양 드레이핑 저지 티셔츠를 발레리나 콘셉트로 멋지게 스타일링한 매거진 에디토리얼 샷을 보고 내가 직접 스카우트해 우리 쇼의 스타일링을 맡게 되기 전까지 쇼 스타일링 경력은 전무했던 스타일리스트다.

"유나, 나는 쇼 스타일링을 한 번도 해본 적이 없어. 괜찮겠어? 매거진 스타일링도 정말 오랜만에 했던 거야."

"그럼, 상관없어. 그래서 더 좋아. 새로운 시도를 해볼 수 있으니까. 네가 모르는 부분은 우리가 도울게."

리사의 잠재력을 본 나는 적극적으로 협업을 진행했다. 리사와 함께한 세 번의 컬렉션 스타일링은 새로운 유나양 컬렉션의 매력을 보여주었다.

2018 S/S

뉴욕 패션위크

'Save the Earth' 컬렉션

리사는 히피 스타일에서 영감을 받아 디자인한 플라워 패턴 드레스를
찢어진 청바지와 매칭해 현대적으로 재해석하여 신선한 사과를 베어
물었을 때의 느낌처럼 상큼한 스타일링을 완성시켰다.

2018 F/W

뉴욕 패션위크

'Love Yourself' 컬렉션

유나양 시그니처 브이넥 튜닉에 허벅지까지 올라오는
은색 부츠를 매칭해 파격적인 쇼 오프닝을 선보였다.

2019 S/S

뉴욕 패션위크

'Freedom' 컬렉션

코르셋에서 영감을 받아 디자인한 벨트를 다양한 스타일에
매칭했다. 나 자신이 입고 싶은 의상들을 디자인하며
진정한 자유에 대한 고민을 표현한 컬렉션이었다.

리사는 틀에 얽매이지 않는 자유로운 아우라가 녹아들어간 스타일링을 해냈다. 언론과의 인터뷰에서 유나와의 협업은 어땠냐는 질문에 리사는 이렇게 말했다.

"나를 패션위크에 데뷔시켜준 친구로 내가 좋아하는 브랜드이기 때문에 그녀와의 협업은 무척 즐거웠다. 매번 이 정도면 되지 않을까 하는 순간, 유나는 '조금만 더 해보자'라고 말한다. 나의 한계를 넘어서도록 자극한다."

성공적인 협업을 위해 경험의 유무보다 더 중요한 것은 새로운 시도를 하도록 서로를 자극해주는 것, 서로에게 용기를 주어 도전하게 돕는 것, 재미있는 시도가 되도록 즐거운 마음으로 작업할 수 있게끔 서로를 칭찬하는 것. 그 즐거운 마음으로 신나게 도전해보는 것!

2013년 시빌 트와일라잇과의 협업으로 패션 필름을 제작할 당시, 감독으로 선정한 사람은 그 무렵 뉴욕에서 매우 명성이 높았던 감독이었다. 패션 필름 촬영 경험도 많았고 패션업계에서 이름을 날리던 감독이라 큰 고민 없이 선정했는데 촬영 열흘 전 감독의 프로듀서와 우리 팀 매니저와 분쟁이 생겼다. 기존 계약에서 협의했던, 50퍼센트 선금 지급 및 50퍼센트 후불 지급 등의 내역을 무시하고 프로듀서가 전액을 선지급하지 않으면 촬영을 하지 않겠다고 으름장을 놓았기 때문이다. 촬영을 열흘 앞두고 새로운 감독이나 팀을 구하기 어려운 상태에서 일방적인 통보를 해오는 상대와는 절대 협업할 수 없는 것이 맞지만, 날짜가 너무나 급박하다 보니 매니저는 선뜻 결정을 내리지 못하고 있었다. 매니저는 내 결정에 따르겠다고 했다.

'패션 필름 제작을 데드라인까지 맞추지 못하면 타임스퀘어 나스닥 타워에 있는 20여 개의 스크린과 타임스퀘어 전광판까지 저 많은 화면들을 어떻게 채우지?'

난공불락인 상황이었다. 한 시간을 고민한 후 내가 내린 결론은 단호했다. '판을 뒤엎자. 패션 필름을 못 찍게 되더라도 우리와 일할 자격이 없는 팀과는 일하지 말자.' 스펙이 좋으면 뭐 하나, 우리를 소중하게 생각하지 않는데. 능력이 뛰어나면 뭐 하나, 나의 마음을 불편하게 하는데. 중요한 것은 남에게 보이는 것이 아니다. 나에게 느껴지는 것이다. 세상 사람들이 최선이라고 말하는 많은 것들이 나에게는 최악인 경우가 많다.

결국 다른 사람들의 기준을 따라 너무 쉽게 결정한 것이 문제였다. 심란한 마음과 흥분을 가라앉히려 사무실 뒤편에 조용히 앉아 심호흡을 하고 있는데, 갑자기 코코가 방문했다. 패션 필름의 헤어와 메이크업을 담당했던 코코는 실력도 좋고 마음이 따뜻한 마당발 친구였다.

"유나, 이 동네 왔다가 네 생각이 나서 케이크 좀 사왔어."

"코코, 방금 원래 함께 패션 필름을 제작하기로 했던 프로듀서가 무리한 요구를 해서 같이 일 안 하기로 했어. 주변에 추천할 만한 디렉터 있어?"

"내가 얼마 전에 만난 영화 프로듀서가 있어. 문의해볼게."

한 시간 후 코코는 얼마 전 막 노르웨이에서 뉴욕으로 온 여성 감독인데 재능이 뛰어나다고 하니 한번 만나보라며 모나를 소개시켜주었다. 첫 미팅에서 우리는 바로 알아차렸다. 서로에게 최고의 파트너가 될 수 있으리라는 사실을. '유나양 컬렉션=옷장 속의 숨겨진 보물'이라는 내가 머릿속으로 생각하고 있던 주제를 모나가 이야기하는 순간, '패션 필름 최고의 파트너를 만났다!'라는 생각이 들었다. 그녀가 한마디 한마디 할 때마다 우리가 그리고 있는 영상들이 눈앞에 떠다니는 것 같았다.

모나와의 협업으로 만들어진 패션 필름의 제목은 'The Thief(도둑)'. 우연히 파티에서 만난 사람의 집에서 잠이 깬 한 여인이 유나양 의상에 반해 옷장의 옷들을 가지고 달아나는 스토리의 시놉시스는 완벽했다. 나는 생각했다. '모나를 만나려고 그런 일이 있었던 거야. 정말 다행이다. 예정대로 일이 진행되지 않아서.' 뒤늦게 무례했던 요구를 사과하며 계약대로 진행하자는 프로듀서에게는 기분 좋게 "아니! 우리 다른 감독을 찾았어!"라고 말해주었다. 통

쾌한 생각도 들었지만 모나를 만난 기쁨에 오히려 그 프로듀서에게 감사의 인사를 전하고 싶은 마음이었다.

모나는 최고의 팀을 순식간에 모아 우리를 다시 한 번 놀라게 했다. 무엇보다도 그녀와의 작업은 신나고 즐거웠다. 이듬해 내게 연락을 해온 모나는 "내 감독 데뷔작이 선댄스 영화제에 출품이 결정되었어! 유나양 옷 입고 레드 카펫에 설 거야!"라며 반가운 소식을 전해주었다.

공자는 '아는 자는 좋아하는 자만 못하고, 좋아하는 자는 즐기는 자만 못하다'라고 했다. 스펙이 화려한 실력 있는 프로들은 많지만, 즐겁게 함께 일하고 싶어지는 사람은 만나기 쉽지 않다. 성공의 첫 번째 조건은 '함께 즐겁게 일하고 싶은 사람이 되어라' 아닐까? 인생의 재미를 모르면 부와 명예도 소용없다. 자기 인생의 재미를 깨달은 사람이 가장 행복한 사람이다. 매일매일 '재밌다'를 입에 달고 살 수 있다면 성공한 인생인 것!

패션 필름 'The Thief'의 스틸컷

프로는 핑계를 대지 않는다

진정한 겸손

패션위크 쇼의 백스테이지는 일반적으로 카오스 그 자체다. 빠듯한 시간 동안 완벽한 준비를 마쳐야 하기 때문에 다들 긴장감이 극대화되어 있고 조금이라도 더 완벽한 준비를 위해 쇼 직전까지 모든 에너지를 쏟아붓기 때문이다. "슈즈 사이즈가 작잖아! 들어가지를 않아. 지금 당장 나가서 두 사이즈 큰 걸로 사와!" 쇼 시작 10분 전, 준비가 미흡했던 어시스턴트에게 슈즈를 구매해 오라고 소리치는 스타일리스트를 지켜보다가 조용히 가위를 들고 다가섰다. 나는 하이힐을 말없이 뺏어 들고 구두 뒷부분을 싹둑 잘라냈다. "자, 이제 신어봐. 들어갈 거야."

나의 고집으로 다행히 쇼는 최소 1시간 늦을 예정에서 10분밖에 늦지 않았지만, 그날의 경험을 바탕으로 나는 '극적인 드라마'를 양산해내며 절제와 멈춤, 타협을 모르는 사람과는 협업하지 않겠노라 결심했다. 유나양 패션쇼는 백스테이지가 고요한 쇼로 유명하다. 처음으로 유나양 백스테이지 사진을 찍으러 온 '게티 이미지' 포토그래퍼들은 "여기 쇼장 맞나요? 이렇게 조용하고 여유 있는 백스테이지는 처음이에요" 하며 놀라워했다. 쇼에 참여한 모델들도 "하루에 4, 5개의 쇼장을 다니며 정신없는데 이 쇼에 오면 평화로워서 마음의 안정을 찾아요"라고 말한다. 가장 중요한 순간의 절제와 멈춤은 최상의 결과와 최고의 협업을 위한 전제 조건이다.

거리 곳곳에서 쏟아지는 중국어 말소리들, 형형색색 과일들이 펼쳐진 매대, 곳곳에 붙어 있는 현란한 중국어 간판들이 뒤엉켜 내가 진짜 뉴욕에 있는 것인지 잠시 헷갈리게 하는 맨해튼의 차이나타운. 럭셔리 브랜드와는 전혀 관계가 없을 것 같은 날것의 느낌이 그대로 살아 있는 차이나타운을 배경으로 소개된 2020년 S/S 뉴욕 컬렉션 타이틀은 'You're Beautiful(당신은 아름답다)'이다.

뉴욕의 매력은 한 블록만 지나도 전혀 새로운 느낌의 지역들이 한 도시 안에 공존한다는 것이다. 전통적인 올드 머니 부유층의 주거지인 어퍼 이스트 사이드와 여피yuppie들이 모여 사는 어퍼 웨스트, 상업지대인 미드타운, 아티스트와 갤러리들이 모여 있는 첼시, 과거 아티스트들의 주거지인 소호, 신흥 부자들의 주거지 웨스트 빌리지와 트라이베카, 힙스터들의 성지 이스트 빌리지, 로어 이스트 사이트, 한참 개발이 진행되고 있는 할렘까지. 개성 넘치는 지역들과 사람들이 정신없이 뒤죽박죽 섞여 독특한 에너지를 분출해내는 도시가 바로 뉴욕 맨해튼이다.

차이나타운은 이 중에서도 럭셔리 브랜드와는 가장 동떨어져 보이는 지역이다. 하지만 나는 차이나타운이 출신 배경, 인종, 성별, 현재의 위치 그 어느 외적인 요인과 상관없이 우리 모두 소중한 존재라는 2020년 S/S 'You're Beautiful' 컬렉션의 콘셉트를 보여줄 수 있는 가장 적절한 장소라고 느꼈다. 우아하고 고급스러운 소재의 의상들과 극명한 대비를 보여주는 차이나타운의 생동감이 컬렉션 의상들에 살아 숨 쉬는 에너지를 불어넣어주기를 기대했다.

차이나타운의 메인 스트리트가 패션 촬영팀에 점령당했다. "Siena! Walk!(시에나! 걸어!)" 포토그래퍼 찰스의 힘찬 사인에 형형색색 꽃들이 수놓아진 블랙 레이스 룩을 입은 모델 시에나가 마치 런웨이 플랫폼에서 걷는 것처럼 도로 위를 누비기 시작했다. 왼쪽에는 알렉산드라와 스타일링 팀이, 오른쪽에는 유나양 팀이 거리를 잠시 점령하고 몸으로 지나가는 차들을 막았다. 그 광경이 차이

나타운에 저녁 먹거리를 준비하러 나온 사람들에게 에워싸여 마치 거리의 공연을 보는 것 같은 진풍경이 펼쳐졌다. 1, 2분 남짓 빛의 속도로 카메라 셔터 소리가 반복적으로 울려 퍼지고, "Next Look! (다음 룩!)" 사인에 재빠르게 이동식 소형 텐트가 열렸다. "Change! shoes, accessories!(슈즈, 액세서리 바꿔!)"

주위의 시선과 거리의 소음도 우리를 동그랗게 감싸고 있는 에너지에 녹아들어 마치 세트장에서 촬영하듯 고요한 적막감이 느껴졌다. 스타일링된 룩들을 번개같이 다음 모델에게 착장시키고 다음 촬영 장소로 이동! 유나양 2020년 뉴욕 컬렉션은 프랑스 출신 포토그래퍼 찰스와 함께했다. 그는 풍경 전문 포토그래퍼로 감성을 자극하는 사진의 느낌도 좋았지만 무엇보다 그의 겸손한 자세에 반해 협업하게 되었다.

"차이나타운 슈팅이라니. 진짜 마음에 든다. 몇백 장이 되건 원하는 결과물이 나올 때까지 난 할 수 있어."

2019년 F/W 쇼 스타일링과 2020년 S/S 쇼 스타일링을 맡았던 알렉산드라는 전 세계 수많은 스타일리스트들이 뉴욕 패션위크 쇼에 초대받기 위해 보낸 수백 장의 '초청 요청' 이메일들 가운데에서 우연히 발견했다. 그녀의 독창적인 포트폴리오를 보고 반해 쇼 초청 대신 내가 그녀에게 직접 쇼 스타일링을 제의했다.

쇼 스타일링은 처음이었지만 알렉산드라는 예상대로 캐주얼한 의상에 보석 꽃 장식이 달린 하이힐을 매칭한다거나 루즈핏 코트에 여름 의상인 실크 슬립을 스타일링하는 등 과감한 시도와 기존에 뉴욕에서 보지 못했던 자신만의 감성으로 새로운 영감과 에너지를 우리 브랜드에 가져다주었다.

2020년 S/S 시즌 컬렉션 슈팅 장소를 맨해튼 차이나타운으로 정했을 때는 야외 촬영의 번거로움에도 아랑곳하지 않았다. 오히려 내가 기획과 디자인에 집중할 수 있도록 "거리에 텐트를 치고 의상을 갈아입히면 돼. 요즘엔 이동식 텐트가 많아. 전혀 문제없어. 콘셉트만 잘 잡아줘. 신난다!" 하며 적극적으로 응원해주었다. 뉴욕에 자리 잡은 지 1년도 채 지나지 않아 유나양 컬렉션 패션위크 스타일링을 성공적으로 마치며 멋진 데뷔전을 치른 알렉산드라는 이후 코코 로샤, 하이디 클룸 등 슈퍼모델들과 유명 패션지 커버를 도맡아 스타일링하는 스타 스타일리스트로 성장했다.

우리는 그동안 명성과 실력이 최고라고 검증된 사람들이 모여 만든 작품과 프로젝트 들이 실패하는 것을 자주 보아왔다. 일을 시작하기도 전에 정답이 이미 보이는 사람들과의 협업은 안정적이지만, 예측이 불가능하기 때문에 한계가 없는 결과물을 기대할 수 있는 협업이 나에게는 훨씬 더 매력적이다. 함께 일하고 싶은 사람을 발견하면 다가가기를 망설일 필요는 없다.

아시아 시장 진출 첫 번째 나라였던 대만에서의 론칭이 성공적

차이나타운에서 촬영한 2020 S/S 컬렉션

으로 마무리된 후, 나는 나의 모국인 한국 시장 진출을 기획했다. 여러 번의 미팅 끝에 압구정동 갤러리아 백화점이 유나양 컬렉션 한국 첫 번째 론칭 장소로 정해졌다. 갤러리아 백화점은 세계적인 명품들이 한국 시장 론칭 때 선호하는 백화점이고, 새롭고 희소가 치가 있는 유니크한 상품들을 소개하는 백화점 철학이 니치 하이 엔드를 지향하는 유나양의 철학과 꼭 맞아 기뻤다.

기획안을 준비하면서 매장을 패션 전시회장으로 탈바꿈시켜 백화점에 방문한 고객들에게 새로운 경험을 선사하고 싶었다. 런던에서 만나 영감을 주고받는 홍승혜 선생님께 론칭 행사 협업을 부탁드렸다. 선생님의 공간 작업은 선생님께서 좋아하신다는 프랑스 작가 로베르 필리우의 문구인 '예술은 삶을 예술보다 더 흥미롭게 하는 것'처럼 항상 새롭고 재기발랄하다. 빠듯한 예산과 전시 공간이 미술관이나 갤러리가 아닌 대형 상업 공간이라는 점에서 비롯되는 여러 어려운 상황 속에서도 홍승혜 선생님께서는 즐거운 마음으로 도움을 주셨고, 선생님과의 협업은 백화점에 방문한 고객들의 눈길을 끌었다.

협업 영감의 시작점을 미국의 조각가 조지 시걸의 'Life-casting (인체 실물 뜨기. 조지 시걸은 살아 있는 사람의 인체를 석고로 떠서 현대인의 일상을 공간 속에 설치해 일상의 단면을 표현한 작가다)'에서 받아 매장을 방문한 사람들의 형상을 마네킹으로 제작해 매장에 설치했다. 제작된 마네킹들이 지금까지 유나양이 세계적인 기업들이나 다양한 분야의 아티스트들과 협업했던 작품을 입고 판매 의상들을 바라보기도 하고, 턱을 괴고 앉아 명상에 잠기기도 하고, 멋진 포즈를 취하며 의상을 뽐내기도 하며, 마치 조지 시걸의 형상들처럼 고객들과 섞인 채로 전시를 관람하는 콘셉트의 매장이었다. 마네킹들은 홍승혜 선생님께서 특별히 제작해주신 위트 넘치는 집기들과 어우러져 기존에 백화점에서는 볼 수 없었던 아우라를 뿜어냈다.

진정한 프로젝트의 성공은 숫자로만 정의되지 않는다. 프로젝트에 참여한 모든 개개인이 저마다 한 단계 성장하는 경험을 얻어야만 성공한 프로젝트다. 주어진 상황에 핑계를 대거나 불평할 거리를 찾는 것이 아닌, 즐기는 마음으로 신나게 결과물을 만들어내는 것. 일의 기회를 신성하게 여기고 겸손한 마음으로 최선을 다하는 자세. 이것이 진정한 프로의 모습 아닐까?

홍승혜 작가와 협업한
갤러리아 백화점 명품관
WEST 행사

조각가 조지 시걸의 작품에서
영감을 받아 디자인한 백화점 매장 도면

나는 365일 24시간
디자인한다

디자이너의 영감

나는 운전을 즐기지 않는 편이다. 항상 머릿속으로 컬렉션에 대한 영감을 끊임없이 생각하고 있어서 집중력을 요하는 운전에 시간을 빼앗기는 것이 아깝기 때문이다. 나는 끊임없이 상상한다. 머릿속 커다란 칠판에 줄을 그었다가 지우고, 그 줄을 굴리기도 하고 강하게 사선으로 내려보기도 한다. 수백 수천 개의 줄들과 도형들이 생겼다 사라지고 또다시 나타나고 이런 시도가 몇만 번씩계속되다가 어느 순간 마음에 딱 드는 형태를 보면 정지하고 메모한 뒤 또다시 상상을 시작한다.

머릿속으로 그려보는 선들과 도형들, 그들이 만나 하나의 형상으로 그려지는 반복들이 너무 재미있다. 내가 컬렉션을 준비하는 과정에서 가장 즐거워하는 시간이기도 하다. 커다란 칠판에 나타나고 사라지는 형태들에 이번 시즌을 위해 선택해놓은 천을 대각선으로 덧대기도 하고, 곧은 직선으로 고정하기도 한다. 프린트 디자인이나 소재들을 넣기도 하고 빼기도 한다. 이 과정에서 정말 신나는 형태들이 만들어진다. 넘치지도 부족하지도 않는 딱 적절한 하나의 장면을 찾아내는 과정이다. 생각이 모두 정리되는 순간, 스케치로 옮긴다.

패션디자이너는 자신을 쏟아부어 세상을 아름답게 만드는 직업이다. 나의 하루는 단조롭다. 매일 비슷한 시간에 출근해 같은 일들을 끊임없이 반복한다. 밥을 먹을 때나 길을 걸을 때, 외출 준비를 할 때도 머릿속에서는 끊임없이 그림이 그려진다. 가끔은 내가 꿈속에서도 그리고 있지 않나 싶다. 이렇게 생각하는 시간이 매우 길기 때문에 스케치를 한 순간부터 최종 샘플이 나올 때까지 수정은 거의 없다. 구상이 끝나면 완성품까지 한 번에 빠른 속도로 마치기 때문에 사람들은 "뭐 이렇게 쉽게 디자인해?"라고 하지만 나는 365일, 24시간 디자인 중이다.

내가 가장 많이 받는 질문 중 하나는 '영감을 어디서 받으세요?'다. 내가 보는 것, 듣는 것, 읽는 모든 것, 내가 마주치는 사람들, 내가 느끼는 모든 감성, 공기의 향기, 오늘 아침 읽은 신문 속 뉴스, 저녁 모임에서 들은 이야기 한 토막, 식당에서 맛본 음식의 맛 등 내가 느끼고 경험한 모든 것들이 내 영감의 재료다. 특히 나는 활자 중독에 가까울 정도로 책, 뉴스, 시 등을 읽는 것을 즐기고 끊임없이 읽는다. 읽은 내용들을 머릿속으로 그려보는 과정이 무척이나 재미있기 때문이다.

삶의 모든 경험들이 내 안에 녹아들어가 창조물로 표현되기 때문에 내 삶이 곧 내 컬렉션에 거울처럼 반영된다. 지속적으로 내 마음을 다스리고 수행하는 자세로, 끊임없는 배움의 자세로, 즐겁게 내 삶에 임해야 하는 또 다른 이유이기도 하다.

이화여대 서양화과 시절 나는 방황하는 학생이었다. 특히 1학년 때는 치열했던 입시에서 해방된 기쁨을 누리고 불확실한 미래에 대한 불안은 잠시 접어둔 채 대학 신입생으로서 다양한 경험을 즐기고 싶은 욕심에 마음껏 학교 밖 생활을 즐겼다. 아티스트 조덕현 작가님은 내 대학 시절 은사님이다. 하루는 교수님께서 자화상을 사실화 기법으로 그리는 주제를 주셨다. 입시를 준비하던 시절, 연필 소묘로 아그리파니 줄리앙이니 하는 하얀색 석고상들을 그리고 수채화로 정물화를 누가 더 똑같이 그리나 경쟁했던 경험이 끔찍했던 나는 두 번째 강의 때까지도 연필을 손에만 쥔 채 한

줄도 그리지 못하고 있었다. 그런 나를 보고 교수님은 "무슨 문제가 있니?"라고 물으셨다.

"교수님, 전 대학 들어오기 전까지 항상 생각했어요. 대학에 가면 내가 그리고 싶은 것만 그릴 수 있겠지, 하고요. 그래서 최선을 다해 준비해서 합격했는데 또 제가 그리고 싶지 않은 걸 그려야 하나요?"

내 말을 듣고 잠시 생각에 잠기신 교수님께서는 "그래, 내가 너한테 너무 힘든 요구를 했구나. 너는 자화상을 그릴 필요 없이 너만의 방식으로 완성해서 와라. 사진 현상도 좋고"라고 말씀하셨다. 그날 이후 나는 교수님의 팬이 되었다. 열심히 자화상을 그리고 있는 친구들을 뒤로하고 룰루랄라 콧노래를 부르며 을지로 인쇄골목에 가서 가능한 한 가장 커다란 크기로 내가 나를 찍은 모습을 현상했다. 큰 사진을 반으로 뚝 잘라 한쪽 면은 내 마음에 드는 색상을 섞어 나이프로 마음대로 표현했다. 거울로 보이는 나의 외형과 겉으로 보이지 않는 내면을 반반씩 표현한 작업이었다.

최근에 선생님께 "그때 기억하세요? 자화상 수업이요"라고 여쭤보니 선생님께서는 "수업 시간에 너 혼자서 허스키한 목소리로 노래 부르던 것 기억하니? 네가 했던 자유로운 드로잉 작업들이 기억에 남아. 작업이 좋아서 한동안 후배들 교재로도 사용했어"라고 말씀하셨다. 그래, 기억난다, 그 작업. 입학하고 첫 드로잉 수업 때, 커다란 전지에 큰 붓으로 물감을 듬뿍 찍어 터치를 하거나 드리핑(뿌리는 행위)을 하며 즉흥적으로 작업한 뒤 마음에 드는 부분만 크로핑(잘라내기) 하여 완성작을 만들어냈는데, 우연과 필연의 만남을 한데 표현한 이 작업을 선생님은 참 마음에 들어 하셨다. 나를 나 자신보다 먼저 발견해주시고 그대로 이해해주시는 스승을 만난다는 것은 인생의 신나는 행운이다.

드로잉 작품 이미지

2014년 롯데 백화점 월드타워 에비뉴엘관 오프닝 행사를 기획하면서 조덕현 선생님께 도움을 청했다. 행사의 한정판 상품으로 웨딩 캡슐 컬렉션(10~12벌 정도의 작은 컬렉션)을 기획하면서 한국 여성의 서사로 많은 작품을 창조하신 선생님과 함께 협업해, 디자이너가 최초의 영감을 받아 최종 결과물에 이르기까지 어떤 과정을 거쳐 창조해내는지 소개하고 싶었다. 선생님의 작품들은 나에게 아련한 추억과 향수를 불러일으키고 우리의 인생과 우리를 둘러싸고 있는 세계를 고민하게 만들어준다.

백화점에 그림이나 조각을 전시해 백화점을 마치 갤러리처럼 보여주거나 디자이너 브랜드가 아티스트와 협업해 콜라보 상품을 생산하는 등의 시도는 기존에도 많았지만, 디자이너가 컬렉션에 영감을 준 아티스트의 작품 자체를 매장 안으로 옮겨와 캡슐 컬렉션과 함께 소개한 경우는 없었다. 백화점 매장을 고객과 소통하는 공간이자 새로운 경험을 하는 공간으로 재탄생시키고, 컬렉션의 결과물만이 아닌 컬렉션 내부에 숨겨진 비하인드 스토리까지 보여주고자 하는 기획이었다. '보이는 것이 전부가 아니다!'

기획의 타이틀은 '미술이 패션을 만났을 때'로 잡았다. 내가 웨딩 캡슐 컬렉션의 영감을 받은 〈기억의 콜라주〉 회화 작품은 조덕현 선생님의 손을 거쳐 설치 작업으로 변화되어 매장 내에 전시되었다. 1930년대 상하이를 주름잡던 영화배우 완령옥이 작품의 주인공이었다. 처연한 표정의 미소를 지으며 웨딩드레스를 입은 그녀는 현실에서는 결혼을 한 적이 없었다. 그녀는 당대 최고 인기 여배우였지만 유부남을 꾀어 동거한다는 소문이 나면서 스스로 목숨을 끊은 비운의 여배우다. 작품에서 그녀 옆에 서 있던 남성은 선생님께서 다른 사진에서 따온 일본 남성이었다. 완령옥도 얼굴을 제외하고는 다른 사진 속 사람들에게서 따온 부분들을 꿰매어 엮어, 다른 시공간에서 존재하던 기억들의 단편이 하나의 이미지로 조합되었다. 시대를 막론하고 인생사에 존재하는 희로애락이 한 작품 안에 공존하는 듯했다. 강인함과 유연함, 부드러움과 딱딱함, 견고한 커팅과 부드러운 소재의 만남 등 상반된 감성들의 조화를 즐기는 유나양 컬렉션에 또 다른 영감을 주는 작품이었다.

나는 평소에 내가 'Korean Silk'라고 명명하는 오르간자를 이용해 한쪽 어깨에서부터 드레스 끝단까지 물 흐르듯 흘러내리는 러플을 덧대 삶의 양면성을 표현한 비대칭 구조의 웨딩드레스를 완성했다. 레이스와 은색 염색재를 하얀색 울 소재에 코팅해 잔잔한 화려함을 표현한 튜닉 재킷 드레스, 비치는 새하얀 오르간자 소재로 가슴 부분에 러플 장식을 덧댄 블라우스 등도 탄생시켰다.

인생이 무조건 행복하고 무조건 슬프기만 한 것이 아닌 것처럼 완벽하게 아름다운 인생과 완벽하게 불행한 인생은 없는 법이니까.

조덕현 작가의 작품 〈기억의 콜라주〉에서

영감을 받은 웨딩 캡슐 컬렉션 전시

소소한 기쁨을
함께 나눌 사람이 있다는 것

성공한 인생의 필수 조건

세계 4대 패션위크가 열리는 뉴욕, 런던, 밀라노, 파리에서 1년에 두 번씩 패션위크가 개최되는 두 달간은 패션 피플들이 유목민들처럼 이동하는 대란이 발생한다. 맨 처음 시작하는 뉴욕 패션위크를 선두로 일주일 남짓씩 각각의 패션위크에서 새로운 컬렉션들이 소개되고 맨 마지막에 열리는 파리 패션위크 때 대부분의 디자이너, 스타일리스트, 인플루언서, 패션 바이어, 언론 들이 한자리에 모인다. 파리는 패션 피플들에게 동창회 장소 같은 도시인 셈이다. 대부분의 바이어들은 4대 패션위크를 모두 리뷰한 후 파리에서 수주를 한다. 뉴욕, 런던, 밀라노 패션위크에 참여하는 대부분의 브랜드들도 파리에 쇼룸을 열고 바이어의 마지막 선택을 기다린다.

2013년 파리 방돔 럭셔리 트레이드 쇼에 참여한 후, 유나양 컬렉션은 타 브랜드들과 달리 파리 패션위크 기간에 마케팅 행사를 진행하지 않고 우리가 원하는 마켓에서 패션위크 시즌과 상관없이 마케팅 행사를 진행해왔다. 우리가 원하고 우리를 원하는 고객들이 있는 곳에서 친밀하고 독점적인 행사들을 기획해 유나양 마니아층을 천천히 키워나가는 방향으로 마케팅을 전개한 것이다. 이 같은 5년간의 차별화된 시도 끝에 다양한 국가, 다양한 유통업체와 좋은 유대관계를 형성할 수 있었다. 2018년에는 드디어 유럽에서도 유나양 컬렉션을 선보일 내공이 쌓였다는 자신감이 생겼고, 그때부터는 밀라노 패션위크 행사와 파리 패션위크 행사를 기획해 유럽 진출을 시도했다.

내 마음의 고향인 밀라노에서의 행사에는 어학학교 시절 만나 지금까지도 나의 베스트 프렌즈인 베아타, 사라, 이레네, 안나가 모두 참석했다. 어학학교 초기, 처음 외국 생활을 해보는데다 모두 서양인들로 채워진 교실에서 나는 다소 기가 죽어 있었다. 어학학교 선생님 코스탄자는 히피 스타일의 의상을 입고 코에는 피어싱, 팔에는 수십 개의 팔찌를 차고 다녔다. 그녀는 늘 딸랑거리는 소리를 내며 두 번째 손가락을 치켜들고 자신의 질문에 대답할 학생을 지목했다. 내가 대답할 순서가 되면 큰 눈으로 나를 노려보며, "Alza la voce!(크게 말해!)"라고 소리치곤 했다. 조금 크게 말하면 "Di piu!(더 크게!)", 그래도 내 대답 소리가 시원찮으면 내 목소리가 교실에 쩌렁쩌렁 울려 퍼질 때까지 계속해서 "Di piu!"를 외쳐댔다.

지금 돌이켜보면 이태리 남부의 작은 도시에서 이태리 경제의 수도 밀라노로 이주를 온 코스탄자는 대도시에 적응해야 했던 자신의 경험에 비춰 새로운 도시와 환경 앞에서 주눅 들어 있던 내가 자신감을 잃지 않고 큰 소리로 의견을 말했으면 했던 것 같다. 지금도 기가 죽을 상황이거나 의기소침해질 때면 코스탄자의 쩌렁쩌렁한 목소리가 귓가에 맴도는 것 같다.

"유나, 큰 소리로 말해. 기죽지 말고!"

내가 먼저 사람들에게 다가가야겠다고 결심한 후, 반 친구들을 모두 집으로 초대해 저녁 파티를 열었는데 닭요리가 오븐에서 반도 구워지지 않아 결국엔 다 같이 요리를 했던 기억이 난다. 그날 이후로 우리는 외국 생활을 갓 시작한 어려움과 우리의 불확실한 미래를 이야기하며 서로가 힘든 시간을 이겨낼 힘이 되어주는 절친이 되었다. 다른 서양 친구들은 모두 가능한 이태리어의 'R' 발음(혀를 동그랗게 말아 굴리는 듯한 발음)이 되지 않아 밤에 자기 전에 꼭 수십 번씩 연습하고 자던 시간들, 어느 날 함께 트램(전차)에서 수다를 떨다가 갑자기 R 발음에 성공해 다 같이 트램에서 팔짝팔짝 뛰었던 기억이 지금도 생생하다.

밀라노에 정착한 미국인 이레네를 제외하고는 모두 다른 도시에 살고 있었지만 모두들 오랜만의 재회를 위해 한달음에 밀라노로 와주었다. 안나는 두 딸을 차에 태우고 제네바에서 7시간을 운전해 왔다면서 "너를 보려고 알프스 산맥에 쌓인 눈을 보면서 달려왔어"라고 말했고, 피렌체에 사는 베아타는 새로 개통된 익스프레스 기차가 있어 하루 사이에 올 수 있게 되어 다행이라며 밝게 웃으며 행사장에 나타났다. 스페인 외곽 도시로 이사 간 사라는 패션위크 때문에 비행기표 대란이라며 밀라노 근교 도시인 베레가모에서 내려 버스를 타고 도착했다. 이레네는 내 행사 일정에 맞춰 남편을 출장 보내 자신의 집에서 친구들이 묵을 수 있게 자리를 마련해주었다.

2003년, 추억이 가득한 밀라노를 떠나 런던으로 이사하기로 결심한 나를 위해 깜짝 이별 파티를 열어준 나의 친구들. 15년 전 새로운 곳으로 떠나는 나를 들어 올리며 '파이팅'을 외쳐주었던 것처럼 2018년에도 변함없이 나를 응원해주는 친구들이었다.

2003년 친구들과

2018년 친구들과

뉴욕 생활 초창기, 어렵고 힘든 도전을 하는 나에게 큰 힘이 되어주었던 존재 역시 친구들이었다. 뉴욕에 처음 도착해 몇 년간 나는 뉴욕에 이미 거주하고 있던 친구들의 집을 전전하며 살았다. 희영도 당시 내가 신세를 졌던 친구 중 한 명이다. 종종 다시 시작될 하루가 두려워 잠들기 전이면 '내일 아침 눈이 떠지지 않았으면 좋겠다'는 생각을 할 정도로 힘들던 시기, 그녀는 내가 어려움에 부딪힐 때마다 현명함이 무엇인지 깨닫게 해주었던, 존재만으로도 내 마음에 안락한 안식처를 만들어주는 나의 소중한 친구다.

그녀의 집은 롱아일랜드시티 강가에 위치한 아파트였는데, 희영의 집에 잠시 머물던 시절, 지친 하루를 마치고 집으로 돌아오는 길 퀸스보로 브리지Queensboro bridge(맨해튼과 롱아일랜드시티를 연결하는 다리)를 건널 때면 롱아일랜드시티 강가에 우뚝 서 있는 펩시콜라 사인이 보였다. 그걸 바라볼 때면 '아, 오늘도 하루가 지나가는구나. 집에 가서 편안히 쉬어야지!' 하고 마음의 안정을 찾곤 했다.

함께 시간을 나눌 수 있는 좋은 친구들이 없다면 과연 성공한 인생이라 말할 수 있을까? 뉴욕 패션위크 쇼 20회, 유명 인사들이 선택하는 디자이너라는 타이틀보다 내가 더 자랑스럽게 여기는 것은 나를 사랑해주고 내가 사랑할 수 있는, 일일이 열거하기 어려울 정도로 나에게 정신적인 안정감을 주는 사람들, 단단한 버팀

목이 되어주는 사람들의 존재다.

　전 세계에 흩어져 있는 나의 수많은 좋은 친구들부터 완벽주의자에 항상 든든한 언니, 낙천주의자인 귀여운 남동생까지 인생의 소소한 기쁨을 함께 나누고 즐길 수 있는 사람들이 있다는 것. 나의 성취를 진심으로 기뻐해주고 축복해주는 사람들이 있다는 것. 그것이야말로 성공한 인생을 논할 때 필수 조건이 아닐까? 나의 소중한 시간들을 함께 나눌 진짜 친구들이 있는 삶이야말로 정말 멋진 인생이다.

인생은 아무도 모른다

나는 나!

뉴욕에서 성공한다는 것은 '별을 따는 것'과 같다고들 한다. 뉴욕은 전 세계에서 '아메리칸드림'을 꿈꾸며 다양한 사람들이 몰려와 섞여든 곳이라는 의미에서 'melting pot(용광로)'이라고도 불린다. 뉴욕에서 살아남으면 세계 어디를 가도 살아남는다고 한다. 터프한 뉴욕에서 살아남기 위해 뉴요커들은 오늘도 꿈을 향해 달린다.

미국의 유명한 현대 작곡가 필립 글래스의 유명한 일화가 있다. 음악으로만 생계를 유지하기 힘들던 시절 필립 글래스는 배관공, 이삿짐센터 운영, 택시 기사 등의 일을 직업으로 삼았다. 택시 기사로 일하던 어느 날 그는 메트로폴리탄 오페라(세계 4대 오페라 하우스로 꼽히는 맨해튼의 유명 오페라 극장) 앞에서 손님을 태웠다. 택시에 붙어 있는 기사 이름을 보고 손님은 말했다.

"당신 이름이 오늘 메트로폴리탄 오페라에서 연주한 젊은 작곡가의 이름과 같네요."

"손님, 그게 바로 접니다."

내가 레슬리를 처음 만난 건 20세기 폭스 영화사와 조지 루카스가 은퇴작으로 제작한 영화 〈레드 테일스〉의 홍보 의상 협업 프로젝트를 통해서였다. 〈레드 테일스〉는 제2차 세계대전 당시 최초로 편성된 흑인 공군 특공부대의 스토리를 영화화한 작품으로 감독부터 스태프, 배우들까지 모두 흑인으로 구성된 영화다. 출연 배우들도 쿠바 구딩 주니어, 테렌스 하워드, 데이빗 오예로워, 유명 가수 니요 등 조지 루카스의 명성에 걸맞게 화려했다. 그 당시 레슬리는 쟁쟁한 배우들 사이에서 신인 중 신인으로 영화 프리미어 당시 나는 영화에서 레슬리가 나온 부분을 놓칠까 봐 집중해서 봐야 했다.

조지 루카스와 20세기 폭스 영화사 홍보팀의 적극적인 추천으로 레슬리는 다른 주연 배우들과 함께 레드 카펫 행사에 서게 되었다. 큰 행사의 레드 카펫은 각자의 셀러브리티가 가장 돋보이도록 홍보팀 사이의 경쟁이 대단하다. 할리우드에는 'red carpet politic(레드 카펫 정치)'이라는 용어까지 있을 정도다. 홍보팀에서는 어떤 배우가 자신의 셀러브리티 앞뒤에 서는지, 몇 번째 순서에 나가는지 알아두고, 다른 셀러브리티와 함께 사진을 찍는 경우 해도 되는 포즈와 안 되는 포즈까지 사전에 계획해둔다. 매체를 통해 대중들이 보게 되는 한 장의 사진 속에는 다양한 비하인드 스토리가 존재한다. 매체에 얼마나 더 많이 소개가 되느냐에 따라, 또 어떻게 소개가 되느냐에 따라 셀러브리티의 향후 경력에 많은 영향을 미치기 때문에 레드 카펫 주변은 항상 긴장감이 감돈다.

처음 레드 카펫을 서는 레슬리와 그의 약혼녀이자 여배우인 니콜을 도와달라는 20세기 폭스 영화사 홍보팀의 의뢰를 받고 흔쾌히 수락한 나는 사선으로 접어 백합꽃 같은 형상을 표현한 하얀색 오르간자 쇼트 드레스를 니콜에게 입혔다. 레슬리는 자신의 어린 시절을 돌봐준 할머니가 없었다면 모든 것이 불가능했다며, 꼭 할머니와 함께 인생의 첫 레드 카펫을 걷겠다고 했다. 결혼을 앞둔 아름다운 신인 여배우 약혼녀와 푸근하고 따뜻한 인상의 할머니와 함께 레드 카펫에 선 레슬리는 그날 레드 카펫 행사에서 누구보다 멋지고 행복해 보였다. 신인임에도 불구하고 자신이 멋지게 보이는 것에 집중하기보다는 소중한 주변 사람들을 더 챙기는 레슬리의 인간적인 매력에 나는 반했다. '멋있는 친구다. 과연 20세기 폭스 영화사 홍보팀과 조지 루카스가 추천할 만해.'

그 무렵 나는 미국에서 일하면서 인상적이었던 사람들과 인터뷰 형식의 대화를 나누고 그 내용을 회사 블로그에 올렸는데, 레슬리의 인간적인 매력에 빠져 레슬리 커플에게 인터뷰를 신청했다.

"유명 디자이너와 인터뷰라니. 영광이야!"

촬영장에서도 레슬리는 창의적인 재능을 분출했다.

"책들을 바닥에 놓고 우리가 그 위에 누워서 찍어보면 어떨까?"

세트 연출부터 사진 각도, 포즈까지 작은 인터뷰에서도 최고의 결과물을 만들어내기 위해 최선을 다하는 그의 모습을 보고, 나는 재능 있는 이 커플의 인터뷰 첫 문장을 로버트 앨런의 명언으로 시작했다. 'The future you see is the future you get(당신이 보는 미래는 당신이 얻는 미래다).' 꿈을 향해 도전하는 그들의 앞날에 밝은 빛이 느껴졌다.

레슬리의 첫 브로드웨이 데뷔작인 〈Leap of Faith(믿음의 도약)〉가 오픈하는 날, 나는 가장 비싼 표를 구매해 앞자리에 앉아 그를 응원했다. 공연이 끝난 후 식사 자리에서 레슬리는 앞으로의 포부를 밝혔다.

"나 뉴욕으로 이사 올 거야. LA에서 남들 하는 똑같은 방식대로 도전해서는 승산이 없어. 난 내 노래에 자신이 있고 브로드웨이에서 내 가능성을 선보일 거야."

〈Leap of Faith〉는 아쉽게도 한 달을 채 넘기지 못하고 막을 내

렸지만 레슬리는 동요하지 않았다. 매일 반복되는 보컬 연습과 댄스 클래스, 생활비를 충당하기 위한 아르바이트까지 하면서 LA에서 오는 캐스팅 콜들에도 브로드웨이에서 승부를 보겠다는 의지를 굽히지 않았다. 이미 배우로 활동하는 사람들은 창피하다고 꺼리는 크라우드 펀딩(공개적으로 비즈니스나 프로젝트에 필요한 자금을 모집하는 행위)을 통해 모은 자금으로 음반도 냈다.

레슬리는 남들에게 보이기 위한 삶을 살지 않고 '나는 나!'라는 태도로 자신의 길에서 항상 당당했다. 그 뒤 레슬리는 2016년 암표도 구하기 힘들어 오바마 대통령, 힐러리 클린턴도 어렵게 표를 구해 보았다는 〈해밀턴〉의 주연배우 자리를 당당히 따냈다. 레슬리 오덤 주니어. 브로드웨이를 강타한 뮤지컬 〈해밀턴〉의 주연배우이자 2016년 연극계의 오스카라 불리는 토니 어워드 남우주연상과 그래미 어워드 베스트 앨범상을 수상한 사람. 지금까지 내가 말한 레슬리가 바로 그다.

뉴요커들이 자주 하는 말이 있다. "You never know!" 그렇다. 정말 아무도 모른다. 오늘은 또 어떤 멋진 일이 나를 기다리고 있을지. 내일의 내가 어떻게 될지. 인생은 아무도 알 수 없는 것. 오늘의 내가 작다고 내일의 내가 작지는 않다. 그러니 오늘 하루도 설레는 마음으로 시작해보자.

레슬리와 니콜

비교하지 않는 삶,
비교되지 않는 삶

진정한 자유

대학교 때 올림픽 은메달리스트를 만난 적이 있다. 그 당시 대학생이던 나에게 세계 대회에서 메달을 딴 사람은 너무나 대단해 보였다. 요즘 말로 '넘사벽'을 만난 것 같았다. 그런데 그 사람이 한번은 한숨을 푹 쉬며 이렇게 말했다. "입국하는데 아무도 날 쳐다보지도 않더라고. 금메달리스트들한테만 전부 몰려갔어. 역시 은메달은 별로 소용이 없나 봐."

미국에서 PGA 골프 경기에 갤러리로 참관한 적이 있다. 경기 첫날 컷오프(4라운드까지 진행되는 경기에서 2라운드를 마친 후 상위 70위까지의 선수들과 선두와 10타 차이 이내에 있는 선수들만 본선 경기인 3, 4

라운드에 진출한다)에 통과하기 위해 선수들이 경기를 하는데, 그 모습을 보고 깜짝 놀랐다. 컷오프를 통과하지 못한 선수들도 얼마나 잘하는지! '저 무대에 서는 것만 해도 정말 대단한 일이구나!' 구경하는 홀마다 감탄이 이어질 수밖에 없었다.

일을 하면서 수많은 사람을 만나는데 그중 다른 사람의 성과나 다른 사람의 가치에 대해 "별거 아니야"라고 말하는 사람들도 종종 보게 된다. 우리가 각각의 개성을 지닌 다른 존재들이듯 저마다의 기준과 기대치도 다르다. 어떤 사람은 세계 제패를 하지 못해 괴로워하고, 또 어떤 사람은 그 세계 제패를 위한 무대에 서보지도 못해서 괴로워한다. 또 어떤 사람은 남들이 보기엔 아주 작은 실수에도 마음 졸이며 괴로워한다. 우리 모두는 각자의 인생을 살면서 저마다의 괴로움과 어려움을 겪는다. 그렇기 때문에 내 마음의 괴로움을 저울에 올려놓고 "내 괴로움은 1킬로그램야. 네 마음의 괴로움은 0.5킬로그램이고. 그러니까 내가 너보다 0.5킬로그램 더 힘들어"라고 비교할 수 없다. 같은 맥락에서 다른 사람의 인생을 두고 내 기준대로 평가할 수 있을까? 우리가 인생이라는 시험의 채점관도 아닌데 말이다.

또 어떤 사람들은 상대방이 궁금해하지도 않는데 상대방의 커리어나 지나온 삶의 궤적, 앞으로 나아가야 할 방향들에 대해 자신의 기준에 맞춰 분석하고 훈계하고 질책한다. "더 잘할 수 있는데 왜 안 하지?", "저렇게 하면 더 잘될 것 같은데 왜 이렇게밖에 못하지?" 보통은 이런 말을 하는 사람들이 더 불행한 삶을 살고 있는 경우가 많다. 자신이 하지 못한 일을 다른 사람에게 강요하거나, 자기 인생에 대해 고민하기에도 아까운 시간에 자신만의 기준도 없이 천편일률적인 사회 통념을 들이대며 다른 사람을 평가하고 있으니 말이다. 아마 상대방은 마음속으로 '안 궁금한데…'를 외치고 있으리라. 그런 사람들은 자기 자신을 돌아봐야 한다. 사회가 세워놓은 기준 때문에 상처받고 다른 사람들에게 또 같은 기준을 내세워 상처를 돌려주고 있는 것은 아닌지. 과정의 가치나 소중함은 간과한 채 결과만으로 모든 것을 판단하고 있는 것은 아닌지.

사회 통념상 소위 '성공'했다고 여겨지는 사람들로부터 자신과 함께 일하는 사람들이 최선을 다하지 않는다고 불평하는 소리를 종종 듣곤 한다. 하지만 우리는 모두 다른 존재들이므로 '최선'의 기준과 각자가 지닌 능력은 모두 다르지 않을까? 내 눈에는 보이지 않지만 그들은 이미 최선을 다하고 있을 수 있다. 나에게 최선인 것이 다른 사람에게는 최악일 수도 있다. 무작정 '열심히 하라'며 다그치는 것이 오히려 무례한 것이 아닐까? 서로의 다름을 인정해주는 순간, 우리를 둘러싸고 있던 벽은 사라진다.

밀라노에서 길거리를 걸어 다니다 보면 하루에 적어도 한두 명 정도는 "Che bella!(예쁘다!)"라고 외쳐주는 사람들을 마주친다. "방금 지나간 다른 여자보다 네가 더 예뻐"라고 말하는 사람은 아무도 없다. 뉴욕에서 엘리베이터를 타면 종종 방긋 웃으며 칭찬을 건네는 사람들을 만난다. "오늘 입은 티셔츠 정말 잘 어울리네요!" "신발 정말 멋져요!" 여기서 중요한 포인트는 "내 신발보다 네 신발이 멋지다"가 아니라 "네가 신은 이 신발이 멋지다"라는 것이다. 앞으로 또 마주칠 일이 없을지도 모르는, 내 인생을 스쳐가는 사람들이지만 그들이 가볍게 던진 작은 칭찬에 콧노래가 저절로 나오고 나의 하루에 활력이 더해진다. 서로에게 기분 좋은 날들을 선사하는 것. 멋진 사람으로 느끼게 해주는 것. 생각보다 그렇게 어려운 일은 아니다.

남과 나를 견주지 말자. 나를 자신과 견주려는 사람들도 경계하자. 매 시즌 나의 목표는 '지난 시즌 컬렉션보다 조금만 더 잘 하자'다. 벽돌담을 쌓듯이 견고히 나만의 것을 천천히 쌓아나가는 과정. 나의 인생은 나 자신이 나를 위해 만든 길을 뚜벅뚜벅 잘 걸어가는 과정이다. 진정으로 멋진 삶은 나 자신에게 내가 가고 싶은 길을 용기 있게 찾을 수 있는 진정한 자유를 주는 것임을 기억하자.

스스로에게
자유를 허하라

나를 찾기 위한 노력

패션위크 컬렉션의 성공은 인터넷이 발달한 최근에는 쇼를 마치고 5분 안에 판가름이 난다. 하지만 가장 정확한 결과는 그다음 시즌에 열리는 쇼에 패션 관계자들이 얼마나 참석 요청을 하는지, 얼마나 참석하는지를 봐야 알 수 있다. 지난 시즌 컬렉션의 수준을 보고 하루에도 수십 개의 쇼가 개최되는 뉴욕 패션위크 기간동안 참석할 쇼를 가려서 초청장 요청을 보내고, 각 브랜드 홍보팀에서 선별한 초청 리스트에 이름을 올리고 난 뒤에도 쇼 직전까지 동시간대에 열리는 몇 개의 쇼를 저울질하다가 최종적으로 참석할 쇼를 결정하기 때문이다.

유나양 컬렉션의 2019년 F/W 패션위크 쇼는 맨해튼 26가와 브로드웨이 애비뉴에 있는 리졸리 북스토어(세심하게 선별한 명품 브랜드, 유명 디자이너 및 아티스트들의 책을 출판하는 세계적인 예술서적 출판사 '리졸리'에서 운영하는 서점)에서 개최되었다. 인스타그램을 비롯한 소셜 미디어에서의 인기가 모든 상품들의 매출로 이어지는 지금까지도 리졸리 북스토어는 서점 내 사진 촬영을 자제시키는 것으로 유명하다. 서점을 방문한 고객들이 자신들이 소개하는 책들에 집중하기를 바라는 마음에서 변함없이 지켜지는 규칙이다. 리졸리 북스토어 홍보 담당자는 우리의 제안을 받아들이며 말했다.

"몇 해 전부터 저희 서점에서 패션위크 쇼를 개최하는 것을 꿈꿔왔어요. 그동안 이런 제안이 없었던 것은 아니지만 이미 너무 유명해서 상업성에 치우친 브랜드들이거나 우리가 지향하는 리졸리의 철학과 맞는 브랜드를 만나지 못해 좋은 기회가 닿기를 기다려 왔는데 드디어 만났네요. 정말 설렙니다!"

이윽고 쇼 당일. 백스테이지에서 쇼 리허설을 마치고 쇼 준비 과정을 점검하고 있는데 친구에게서 한 통의 문자 메시지가 도착했다. '유나, 사진 보냈으니까 좀 봐. 이 추운 날씨에 쇼 입장을 기다리는 사람들이 블록을 전부 다 감쌌어!' 나의 뉴욕 패션위크 쇼에 처음으로 참석하기 위해 서울에서 온 언니는 택시에서 이 광경을 보고 놀랐다고 한다.

"엄마! 유나 쇼에 온 사람들인가 봐요! 사진기자로 보이는 사람들이 사진도 찍고 있어요."

"이렇게 추운 날씨에 이렇게 많은 사람들이? 그럴 리가. 다른 행사가 있나 보다."

참석을 요청한 참석자들의 90퍼센트 이상이 노쇼 없이 쇼장에 와주었고 게스트들까지 추가로 함께 참석하는 바람에 서점 내부에 마련한 자리는 이미 포화 상태였다. 결국 한파를 무릅쓰고 서점 밖에 서서 창을 통해 쇼를 보는 진귀한 풍경까지 연출되었다. 전 시즌이었던 2019년 S/S 컬렉션의 성공이 입증되는 순간이었다. 성황리에 행사를 마치고 리졸리 홍보 담당자가 내게 말했다.

"쇼 피날레(쇼의 마지막에 전체 모델들이 한꺼번에 함께 걸어 나오는 순간)를 보는 순간 너무 행복해서 울컥했어요. 고마워요."

리쫄리 홀리데이 시즌 카탈로그 표지로 소개된 유나양 2019 쇼

8년 남짓 브랜드를 키워내는 동안 즐겁고 신나는 일들이 많았다. 액세서리 라인 론칭, 캐주얼 라인 론칭, 우리가 꿈꾸던 많은 프로젝트들, 나스닥 패션쇼, 이세탄 신주쿠점 입점, 메트 갈라 협업 등 돌이켜보면 매년 감사한 일들이 가득한 날들이었다. 하지만 2018년 컬렉션을 마치고 나는 번아웃된 나 자신을 발견했다.

오랫동안 지내던 사무실 건너편에 위치한 패션 디스트릭트의 아파트를 떠나 몇 블록 떨어진 미드타운으로 이사하며 짐을 정리할 때였다. 패션위크 쇼를 끝내고 나면 맹렬히 고민하고 창조성을 극대화시키기 위해 나 자신을 몰아붙이던 시간들의 기억이 떠올라 어느 순간부터 지난 컬렉션 스타일들을 보는 것만으로도 힘들어지기 시작했다. 나에게 사랑받지 못하는 나의 컬렉션이라니⋯. 내 옷장에 꽉 차 있던 유나양 컬렉션 피스들이 점점 줄어드는 것을 발견한 시기, 나는 잠시 여행을 떠나기로 했다.

초심으로 돌아가기 위해 방문한 밀라노와 런던에서 나는 나 자신에게 자유를 주어야 한다는 사실을 인정할 수밖에 없었다. 여행을 하는 동안에도 작은 일에 조급해하고 휴식하는 시간조차 제대로 즐기지 못하는 나 자신을 만났다. 레스토랑에서는 음식이 천천히 나오는 유럽식 서비스에 만족하지 못하고 몇 분에 한 번씩 웨이터를 불러대다가 결국엔 "손님, 세상의 모든 것들이 그렇듯이 맛있는 음식은 시간이 걸리고 좋은 것을 가지시려면 기다리셔야

합니다"라는 웨이터의 값진 충고를 들어야 했고, 아름다운 풍경을 보고 즐기기보다는 일 생각들로 머릿속이 꽉 차 있어 그 순간을 누리지 못했다. 마치 밀라노에 처음 도착했을 때의 내 모습을 다시 만난 것 같았다. 이대로 가다가는 모든 에너지가 소진되어버려 앞으로 1년도 컬렉션을 해나가기 힘들 것 같았다. 불타오르는 불꽃도 아름답지만 잔잔히 빛을 밝히는 촛불도 아름답다는 사실을 나는 잊고 있었다. 여행을 마치고 다시 뉴욕으로 돌아가기 전, 나는 결심했다.

'모든 것을 내려놓고 나 자신에게 선물을 주자.'

2019년 S/S 컬렉션 'Freedom(자유)'은 특정한 콘셉트나 기존의 유나양 시그니처 아이템들을 모두 배제하고 오롯이 '내가 입고 싶은 옷', '내가 봤을 때 예쁜 옷', '매일 내 옷장에서 보고 싶은 옷'으로 가득 채운, 디자이너로서 나 자신에게 준 선물 같은 컬렉션이다. 내가 '벗다가 만 셔츠'라고 이름 지은, 한쪽 어깨가 드러나는 비대칭 화이트 셔츠, 러플이 달린 어깨 장식 부분을 끌어내려 입은 것 같은 오프숄더 탑, 코르셋의 뒷부분을 앞부분으로 옮겨 허리띠처럼 만든 벨트, 전형적인 재킷 셔츠의 가슴 부분에 러플을 장식해 밑단이 열리는 '뜯어진 재킷' 등 틀에 박힌 전형적인 옷의 형태를 변형해 자유를 표현했다. 홍보팀의 반대를 무릅쓰고 쇼 오

프닝 모델은 사이즈 8(M 사이즈) 모델로 선택했다. 컬렉션을 보며
나 자신과 관객들 모두 '아! 숨통이 트인다' 하는 감정을 함께 느
꼈으면 했다.

2019 S/S 컬렉션 'Freedom'

마랑고니 시절 디자인 선생님 마르첼라는 나의 디자인들을 보고 흐뭇한 미소를 지으며 말씀하셨다.

"좋다. 디자인들이. 그런데 어깨나 가슴을 조금이라도 드러내면 안 되는 거니? 항상 몸을 다 덮을 필요는 없는데? 자신감을 가져. 너 자신에게 좀 더 자유를 주는 건 어때?"

보수적으로 옷을 입는 성향이 강한 한국에서 온 나는 디자인 수업 초반까지만 해도 몸이 드러나는 옷을 디자인하는 것을 머뭇거렸다. 아니, 조금 더 정확하게 표현하자면 자신감 있게 디자인하는 것을 머뭇거리고 있었다. 꼭 디자인에만 국한된 것이 아니라 밀라노에 오기 전까지 틀에 박힌 생활에 익숙해져 있었던 나의 자아가 디자인으로도 드러났다는 것이 더 정확한 표현이겠다. 그때까지 나는 나 자신이 원하는 것이 무엇인지를 생각하기에 앞서 다른 사람들이 좋다고 하는 것을 사고 입었다. 또 외부의 기준에 맞는 삶을 살려 노력했었다. 마랑고니에서의 그날 이후 내가 나를 찾아가는 여정을 잘 걸어오고 있다고 생각했는데, 브랜드를 론칭하고 8년 남짓이 지나는 사이 타인의 시선에 내가 다시 나를 묶어놓았던 것은 아니었을까?

힘들 때는 잠시 쉬어도 괜찮다. 나를 과감하게 해방시키고 진정한 나 자신의 모습을 찾아내 나에게 자유를 주지 않는 한, 자신감 있고 과감하고 자유로운 디자인은 불가능하다. 나는 영어 단어 중에서 'confidence(자신감)'를 가장 좋아한다. 있는 그대로 자신의 모습을 사랑하는 사람이 가질 수 있는 자신감. 나는 디자이너로서 내가 가진 철학과 자신감이 내가 창조한 의상에 스며들어 그 옷을 입는 사람으로 하여금 자신감을 불러일으키기를 소망한다.

　이후 나는 생활 습관부터 바꾸었다. 매일 일이 없어도 밤 9~10시까지 일을 만들어가며 사무실에 머물던 습관을 버리고 7시경 퇴근을 원칙으로 삼기로 했다. 일과 관계된 출장 외에 개인적인 여행 계획은 아예 세우지 않던 습관에서 벗어나 쇼 이후 여행 스케줄을 잔뜩 잡고 취소가 불가능한 비행기표와 호텔 예약을 마쳐버렸다. 바쁘다는 이유로 자주 연락하지 못했던 친구들에게 별다른 용건 없이 그저 안부를 묻는 메시지들도 보내기 시작했다. 흥미를 잃었던 요리와 하루 1시간 센트럴파크 산책도 생활의 일부로 여기고 시간을 할애했다. '일' 외의 영역에서 나를 찾기 위한 노력들이었다.

　오랫동안 나의 컬렉션을 지켜봐왔던 고객들과 언론은 "컬렉션의 느낌이 전혀 달라졌다. 심경에 변화가 생겼나요?"라고 물었다. 쇼에 참석한 〈아사히신문〉 기자는 "당신이 아시아 여성으로서 뉴욕 컬렉션에서 성공적인 쇼를 해온 것을 자랑스럽게 생각합니다. 특히 이번 컬렉션의 주제 '자유'가 마음에 와닿습니다"라고 말해주었다. 나 자신에게 주는 선물 같았던 2019년 S/S 컬렉션은 다른 사람들의 마음도 움직였다.

'자유' 컬렉션 이후 나에게 새로운 습관 하나가 생겼다. 잠들기 전 "그래, 오늘도 생각보다 잘했어. 괜찮은 하루였어"라고 스스로에게 말하며 나 자신을 토닥여주는 것이다. 진심으로 나에게 위안을 주고 나에게 위로를 건넬 수 있는 존재는 오직 나뿐이다. 내가 오래도록 고민해오던 진정한 자유란 '내가 나 자신에게 주는 자유'였다.

2019 S/S 쇼 'Freedom'은 일본 〈아사히신문〉에 가장 인상 깊었던 3대 컬렉션으로 소개되었고 유나양 컬렉션 사상 최고의 매출을 올렸다.

눈을 감고 세상을 봐라

보이는 것들과 보이지 않는 것들

과장된 몸짓과 혼란스러운 발음, 금빛이나 핑크로 과감하게 염색한 헤어, 강렬한 스모키 화장은 기본, 감정 조절 장치에 문제가 생긴 듯 오락가락하고 신경질적인 성격, 머리부터 발끝까지 명품으로 휘감아 완벽한 치장을 하고 킬힐을 신은 채 햇살이 들어오는 유리창에 둘러싸인 사무실에 앉아 우아하게 스케치를 하는 모습…. 일반적으로 영화나 드라마에서 그려지는 패션디자이너의 모습이다.

지인을 통해서 패션디자이너를 만나보고 싶다는 연락을 받고 다른 분야에서 일하는 분들을 만나게 되는 경우가 있다. 그때마다

"모범생 같아 보이시네요", "생각했던 이미지와 다르시네요", "평범하시네요"처럼 칭찬인지 아닌지 헷갈리는 평가에 표정 관리를 하느라 당황했던 기억이 있다. 자신의 직업이 여실히 드러나는 옷차림처럼 촌스러운 스타일링이 있을까? 우리가 모두 유니폼을 입어야 하는 것은 아니다.

나의 디자이너 친구들은 세계적인 유명 브랜드나 명품 회사에서 디자이너로 활동하고 있다. 우리가 만나서 나누는 대화는 최근에 읽은 책들이나 영화 이야기, 최근 영감을 받은 경험들에 대한 이야기, 인생에 대한 이야기, 소소한 삶의 재미나 영감을 공유하는 이야기들이 대부분이다. 거품 가득한 과시나 자랑, 독특한 말투로 다른 사람들의 시선을 한 몸에 받고자 하는 디자이너 친구들은 없다. 패션디자이너들도 보통의 사람들과 거의 비슷하다. 다만 조금 멋스러운 의상을 입고 만날 뿐이다.

나는 20대 시절, 다른 회사의 디자이너로 활동하는 동안에 색깔만 다른 똑같은 디자인의 티셔츠와 청바지를 예닐곱 벌 사놓고 요일마다 색상만 바꿔가며 입었다. 내가 디자인하는 컬렉션에 110퍼센트 집중력을 발휘해야 했기 때문에 내 모습이 멋지게 보이는 데에 잠시 잠깐의 에너지를 쏟는 것조차 아까웠다. 지금은 일에 내공이 생겨 그 정도는 문제가 되지 않지만 그 당시만 해도 내가 입은 의상이 디자인에 집중하는 데 방해가 되었기 때문이다.

디자이너다운 디자이너의 모습이란 무엇일까? 디자인을 전공한 지인이 패션회사의 취업에 좌절하고 전공을 바꿔 유학을 결정했다며 "샘플 사이즈(S사이즈, 55 정사이즈)에 맞는 체형을 가지고 있어야 좋은 패션회사에 취직이 가능해"라는 말을 해준 적이 있다. 내가 들어온 취업 스토리 중에서 가장 충격적이었다. 디자이너로서의 자질과 샘플 사이즈와 대체 무슨 상관이 있을까? 그녀가 모델과 디자이너라는 직업을 헷갈린 것이었으면, 실수로 잘못 말한 것이었으면 좋겠다고 생각했다.

〈보그〉 오스트레일리아 뉴욕 패션위크 디자이너 사진. 16명의 디자이너가 선별되었다.

작업 시 자주 착용하는 그레이 가디건과 블랙 목폴라와 치마를 입은 내 모습

패션모델계의 전설 캐롤 알트는 보이지 않는 것 너머의 진실에 대한 통찰을 나에게 안겨준 소중한 인연이다. 한 분야에서 '전설'로 남는 것은 쉬운 일이 아니다. 타고난 재능과 성실한 자세, 끊임없는 자기관리 능력 등이 동반되어야만 가능한 일이다. 캐롤 알트는 '슈퍼모델'이라는 단어를 탄생시키며 1980년대에 700번이나 매거진 커버 모델로 선정된, 그 누구보다 화려한 경력을 가진 세계 제1호 슈퍼모델이다. 한 번도 하기 어려운 매거진 커버 모델을 700번이나 했다는 것은 그녀의 인기가 얼마나 대단했는지, 얼마나 많은 사람들이 그녀와 협업하기를 원했는지 보여준다.

한 인터뷰에서 '스튜디오 54(맨해튼 54가에 있었던 7, 80년대 유명 인사들의 파티 장소로 이름을 날린 나이트클럽)에 자주 갔느냐'는 질문에 캐롤은 이렇게 대답했다.

"처음 방문한 날 새벽 6시까지 있었는데, 바로 촬영이 있었어요. 그 순간 결정해야 했지요. 남은 인생을 일을 하며 보낼 것인가, 파티를 하며 보낼 것인가. 그날 이후로 저는 밤 11시 통금 규칙을 만들어 지켜왔지요. 현장에서 최고의 컨디션을 유지하고 최선을 다하기 위한 나 자신과의 약속을 지켜야 했으니까요."

절로 고개가 끄덕여지는 말이다. 프로가 될 것인가. 유명인이 될 것인가. 선택의 기로에서 신인 모델 캐롤 알트는 전자를 선택했고, 그녀의 프로페셔널한 자세는 그녀를 전설의 모델로 탄생시켰다. 캐롤 알트는 최고의 모델이 되기 위해 선택과 집중을 했다. 원하는 것을 이루기 위해서는 모든 것을 다 가질 수는 없다는 세상의 진리를 그녀는 이미 알고 있었던 것이다. 그녀의 진정한 프로가 되기 위한 노력과 신기루 같은 인맥 쌓기나 유명인 행세에 몰입하지 않는 자기관리는 나에게 큰 영감을 안겨주었다. 매거진 커버 모델 선정 700회, 세계 제1호 슈퍼모델이라는 타이틀은 아름다운 외모나 에이전트사의 힘으로만 만들어진 것이 아니었다. 그녀가 일군 대단한 성취는 자기 자신과의 끊임없는 싸움과 자기관리로 만들어진 것이었다.

2012년 미국의 인기 TV 채널 HBO에서 전설의 모델들에 대한 다큐멘터리를 한 편 제작했다. 다큐멘터리의 제목은 〈About Face

: The super models than and now(외모에 대하여: 슈퍼모델의 그때와 지금)〉. 이 다큐멘터리에는 캐롤 알트를 비롯해 패션사에 한 획을 그은 이사벨라 로셀리니, 베벌리 존슨, 크리스티 털링턴, 팻 클레먼트 등 최고의 슈퍼모델들이 출연한다. 패션모델로 활동할 당시에 겪은 어려움은 물론이고, 나이가 들어가는 것, 외적인 변화 속에서도 자신감을 지키는 일, 진정한 아름다움의 의미, 아름다움을 유지하는 방법 등에 대한 이들의 진솔한 이야기는 패션계에 큰 반향을 일으켰다.

다큐멘터리의 홍보 행사와 자신의 책 출간 홍보 자리에서 입을 의상을 찾던 캐롤은 홍보팀 담당자와 함께 우리 쇼룸에 들렀다. 따뜻한 미소를 지으며 등장한 전설의 모델 캐롤은 "방금 랄프와 캘빈한테도 들렀는데 새로운 디자이너를 만나보고 싶은 마음이 들어 이곳에 들렀어요. 어떤 의상이든 편안하게 추천해주세요"라고 말했다. 여러 의상을 착용해본 캐롤은 "시간 내줘서 고마워요"라는 감사 인사를 잊지 않았고, 착용했던 의상들도 옷걸이에 다시 하나씩 걸어주고 쇼룸을 떠났다.

'세계 최고의 디자이너들이 만든 의상들을 입어본 캐롤인데 그녀가 내 의상도 마음에 들어 할까?'

그녀가 쇼룸을 떠나고 몇 시간이 지난 후, 캐롤의 홍보팀 담당자 멜라니로부터 전화가 걸려왔다.

"캐롤이 TV 출연을 포함한 대부분의 홍보 행사에 유나양의 옷을 입기로 결정했어요. 행사 날짜들과 스케줄 보낼게요. 그리고 다큐멘터리 오프닝 레드 카펫에 캐롤이 당신을 초청하고 싶어 하는데, 어때요?"

감사 인사를 하는 내게 멜라니는 덧붙였다.

"유나양을 만나고 나오면서 캐롤과 하이엔드 패션계에 아시아 여성 디자이너 브랜드가 거의 없는데 다양한 배경을 가진 디자이너들이 많아지면 좋겠다는 대화를 했어요. 신인 디자이너를 발굴하고 지원하는 것이 선배들의 몫이기도 하다면서요."

다들 고가 시장에 도전장을 내미는 것은 무모하다고 했다. 하지만 캐롤에게는 나의 색다른 배경이 매력으로 다가간 듯했다. 최고의 자리를 경험한 사람들은 타인에 대한 편견이 적다. 자신의 가능성을 무한대로 생각하고 도전해본 사람일수록 타인의 가능성에 대해서도 미리부터 한계를 규정짓지 않기 때문이다. 질투와 경쟁이 난무하고, 파티에 열심히 참석하며 인맥 쌓기에 열중해야 성공이 보장된다고만 생각하는 패션계에서도 선순환을 실천하고 선한 영향력으로 패션계를 유지시키는 리더들이 존재한다. 〈라이프〉 매거진에 'The next million dollar face(차세대 백만 달러 얼굴)'로 선정된 캐롤의 아름다움은 내면의 아름다움이 있었기에 가능한 것 아니었을까?

　프랑스 인기 작가 기욤 뮈소의 소설《인생은 소설이다》에는 열
아홉 편의 베스트셀러를 출판했지만 이미지가 고정된 인기 작가
로맹 오조르스키가 자신이 쓴 소설이 가상의 인물인 플로라 콘웨
이라는 이름으로 출판되는 것에 짜릿한 쾌감을 느끼는 장면이 나

온다. 그는 자신의 소설을 극렬히 비판하는 비평가가 자신이 쓴 '플로라 콘웨이'의 작품은 극찬하는 기사를 읽고 흐뭇한 미소를 짓는다. 기욤 뮈소는 베스트셀러 작가지만 평단에서 호평만 받는 것은 아니다. 자신의 소설들이 평단에서 선입견에 가려져 저평가되고 있는 상황을 소설 속 인물인 로맹에게 감정이입해 표현한 것이었을까? 베스트셀러 작가로서의 스트레스를 자전적인 스토리로 담아낸 것일까? '보이는 것이 전부가 아니다'라는 비판을 하고 싶었던 걸까? 그의 소설을 읽고 나서 나 역시 '유나양' 대신 다른 이름으로 몰래 컬렉션을 발표해보는 상상을 하니 슬며시 장난스러운 미소가 지어졌다.

'나도 한번 해볼까?'

"Close your eyes & See the world(눈을 감고 세상을 봐라)."

내 인생의 철학이자 디자이너로서 모토로 삼는 문장이다. 우리는 매일 본다. 그러나 우리가 눈으로 보는 것이 세상의 전부일까? 세상에는 우리 눈에 보이지는 않지만 보이는 것보다 더 중요한 것들이 존재한다. 나는 내가 눈으로 관찰한 것들에 대해 의구심이 들 때가 많다. 크리에이터는 보이지 않는 것을 끊임없이 탐구하는 직업이니까. 내가 20대 시절부터 만난 세계의 최고를 경험한 유명 인사들은 모두 하나같이 '정말 이 사람이 유명인 맞아?' 싶은 의문이 들 정도로 겸손하고 열린 마음으로 세상을 바라보는 사람들이었다. 이들은 타인에 대한 배려도 넘쳤다. 천진난만한 아이처럼 세상을 바라보는 순수함도 갖추고 있었다. 스티브 잡스가 스탠퍼드 대학교 졸업식에서 했던 유명한 조언, 'Stay Humble! Stay Foolish!(겸손하고 순수하라!)'는 말이 자연스레 연상되는 사람들이었다.

우리는 인생을 살며 많은 것을 배우고 경험한다. 그러나 때때로 우리가 하는 경험은 순수하게 세상을 바라보고 단순하게 느낄 수 있는 순간을 앗아가기도 한다. 또한 낯선 사람들을 경계하게 만들어 나를 가두기도 한다. 겪어보기도 전에 미리 판단을 해버리게 만들어 좋은 기회와 인연을 놓치게도 한다. '정말 내가 아는 것, 내 눈에 보이는 것만이 세상의 전부일까?' 고정관념과 편견으로부터 벗어나고자 한다면 우리 스스로에게 꼭 던져봐야 할 질문이다.

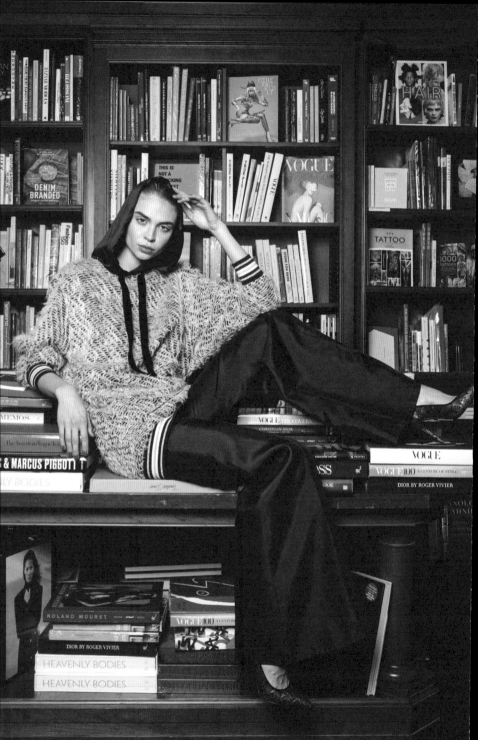

2019 F/W 'Visible', 보이는 것이 전부가 아니다

가슴 뛰는 삶을 찾아서

나를 설레게 하는가

바네사는 30대 후반의 나이에 뉴욕으로 유학을 왔다. 그녀는 많은 사람들이 선망하는 홍콩의 유명 투자은행에서 뱅커로 10여 년을 일했지만, 꿈을 이루기 위해 고액 연봉과 안정적인 직장을 버리고 새로운 도전을 시작했다. 세인트 마틴스 시절 동창 신시아가 "친구가 뉴욕에 가는데 한 번만 만나 줘"라고 부탁해 나는 그녀와 약속을 잡았다. 첫 만남에서 밝은 에너지를 뿜어내며 등장한 바네사는 만나자마자 진지한 표정으로 물었다.

"유나양에서 인턴으로 일해보고 싶어요. 가능할까요?"

학창 시절 성격 좋기로 유명했던 신시아의 친구라니 믿음이 갔지만 큰 투자은행에서 대형 회사들의 인수 합병을 진행하고 커다란 숫자의 비즈니스에 익숙한 전직 뱅커가 우리 회사에 맞을지 우려가 되었다.

"경력이 화려한데 인턴을 할 수 있겠어요? 패션 경력이 없어서 어시스턴트들을 보좌하는 인턴부터 시작해야 하고 업무 환경이 그동안 일하던 대기업 체제와는 많이 다를 텐데 괜찮겠어요?"

내 말이 미처 끝나기도 전에 그녀는 답했다.

"바닥부터 시작하는 것은 전혀 중요하지 않아요. 처음부터 차근차근 배워보고 싶습니다. 기회를 주시면 안 될까요? 어릴 때부터 패션디자이너를 꿈꾸었는데 드디어 도전하게 되었어요. 나이가 들어 내 인생을 돌아보았을 때 후회하고 싶지 않고, 가슴 뛰는 일을 하며 살고 싶어 도전하게 됐어요."

바네사의 꿈을 위한 도전은 나의 마음을 움직였다. 바네사는 유나양을 거쳐 간 최고의 팀원 중 한 명으로 내 기억에 남아 있다.

대학 졸업반 때 나는 여느 미대 졸업생처럼 졸업 작품전 준비에 올인했다. 내가 4학년이던 1999년에는 이화여대 미술학부에서 졸업생을 배출한 지 50주년이 된 것을 기념하여 예술의전당에서 선배님들의 작품을 전시하는 큰 행사가 기획되었다. 이때 특별히 4학년생들 작품 중 일부를 선발하여 전시회에 참여시켜주는 기회가 마련되었다. 가슴 떨리는 기회를 잡기 위해 꼭 멋진 작품을 탄생시키고 말겠다는 일념으로 나는 정신없이 작업에 몰두했다. 아침잠이 유난히 많던 나였지만 당시에는 학교 작업실 문을 닫는 밤늦은 시간까지 작업하고 돌아와 잠깐 눈을 붙이고 새벽 5시부터 다시 작업실로 달려가는 생활을 반복했다.

그렇게 몇 달을 지내던 어느 날, 가슴 아래 갈비뼈 부분이 따끔거리기 시작했다. 처음엔 대수롭지 않게 여겼다. '흔한 피부병이겠지. 며칠 지나면 괜찮아지겠지.' 하지만 통증은 점점 더 심해져 참을 수 없는 지경에 이르렀다. 결국엔 어머니 손에 이끌려 병원으로 향했다.

"대상포진입니다. 조금 더 일찍 오셨으면 이렇게 퍼지지는 않았을 텐데요. 매우 아팠을 텐데 이렇게 되실 때까지 어떻게 참으셨어요?"

몇 가지 검사를 해보신 의사 선생님은 "지금 20대 초반이신데 신체 나이가 60대 정도로 측정되네요. 무슨 일을 하시나요? 무조건 쉬어야 합니다"라며 입원을 권유하셨다. 포진이 너무 많이 번져버려 입원 치료를 해야 한다는 의사 선생님의 말씀에 어머니는 "완전히 회복하려면 얼마나 걸릴까요? 입원 시키지 않으면 또 작업실로 달려갈 거예요. 절대 완전히 회복되기 전에 퇴원시키지 말아주세요"라고 부탁하셨다. 그렇게 2주간의 예상치 못한 병원 생활이 시작되었다.

병원에 2주간 머무르며 같이 입원한 환자들의 인생을 관찰했던 것은 새로운 경험이었다. 고등학생이었던 한 환자는 입원과 퇴원을 반복하고 있다며 대학에 다닌다는 것은 어떤 것이냐고 나에게 눈을 반짝이며 물었다. 연세가 지긋하시던 할아버지 환자 분은 어차피 살날이 얼마 남지 않았는데 그냥 퇴원하고 싶다고 하셨다. 그분은 나를 바라보시며 "정말 좋은 때야. 그래서 졸업하면 뭐 할 거야?"라고 물으셨다.

"아직 정확히는 모르겠어요. 아마도 그림을 계속 그리고 있겠죠?"

그제야 나는 앞으로 내 인생이 어떨지, 졸업 후의 내 삶에 대해 상상해보는 시간을 가졌다. 순수미술을 전공하며 대학원에 입학하거나 유학을 가서 아티스트로 살아가는 나. 10년쯤 지나면 멋진 갤러리에서 개인전을 하고 있겠지? 20년 후쯤에는 해외 초청 전시들도 하고 있을 테고…. 그렇게 머릿속으로 멋진 상상들을 계속해 나가는데 이상하게 가슴이 떨리지 않았다. '멋진 졸업 작품을 완성하는 일, 예술의전당 전시 작품으로 선정되는 일은 마음을 설레게 했는데, 왜 미래의 내 모습을 떠올리면 설레지도 도전 의식이 생기지도 재밌겠다는 생각도 들지 않는 걸까? 뭘까, 이 이상한 느낌은…?'

퇴원 후 나는 다시 졸업 작품전에 매달렸고 꿈꾸던 대로 예술의전당이라는 멋진 공간에서 작품을 전시할 수 있는 영광도 가져 보았다. 그리고 졸업 즈음 친구를 따라 방문한 미국 유학 박람회에서 이후의 내 삶을 뒤바꿔놓을 계기를 만나게 된다. 미국 유학 박람회는 뜻이 있어서 갔다기보다 친구들이 다들 가본다고 하니 나도 구경차 따라가게 된 것이었는데, 별다른 흥미 없이 여기저기 둘러보다가 구석의 작은 부스에 자리한 이태리 유학원이 눈에 띄었다.

'미국 유학 박람회에 웬 이태리 유학원이래?'

나는 호기심이 들어 이태리 유학원 부스 쪽으로 발걸음을 옮겼다. 그리고 이어진 운명적인 순간. 밀라노를 소개하는 카탈로그를 집어 들고 한 페이지씩 읽어보는데 갑자기 가슴이 콩닥거리기 시작했다. 눈이 커다랗게 떠지며 설레는 감정이 들었다. '그래, 이거다. 밀라노로 떠나야겠어. 새로운 경험에 도전하겠어.'

한 번도 가본 적 없는 곳이었지만 밀라노 거리를 서성이는 내 모습을 상상하는 것만으로도 그동안 나를 압박하던 그 무언가가 사라지고 숨통이 트이는 느낌이었다. 어릴 때부터 나의 우상이었던 레오나르도 다빈치가 그린 그 유명한 명화 〈최후의 만찬〉이 있는 도시라니! 나는 무언가에 홀린 것처럼 그다음 날 바로 서울에 하나밖에 없는 이태리 유학원에서 밀라노 어학학교 등록 서류를 제출했다. 그날을 기점으로 나의 졸업 후 목표는 '세계적인 아티스트'에서 '밀라노 어학연수'로 바뀌어버렸다. 절대 불가를 외치던 어머니의 반대도, 소질이 있으니 대학원에 오라던 교수님들의 권유도, "너 외국어 못하지 않아?" 하던 친구들의 우려도 내 귀에 하나도 들어오지 않았다.

"딱 6개월만 살아보고 결정할 거야. 아니다 싶으면 그때 다시 돌아오면 되지. 내 인생에 언제 또 이렇게 자유로운 결정을 내릴 수 있는 때가 오겠어? 더 늦기 전에 지금이라도 내 마음이 이끄는 곳으로 가볼래."

내가 프로젝트 진행에 대해 제안을 받고, 그 일을 할지 말지 결정할 때 가장 중요하게 생각하는 부분은 당장의 손익 계산보다는 '설렘'의 여부다. 나를 설레게 하는 사람과 함께하는, 설레는 프로젝트인가를 중심으로 판단한다. 매 시즌 컬렉션의 콘셉트가 떠올랐을 때, 디자인이 머릿속에서 '이거다' 하고 정리되는 순간이 올 때, 함께 일하고 싶은 사람을 찾아냈을 때, 컬렉션 콘셉트에 딱 맞는 장소를 만났을 때, 새로운 영감을 마주쳤을 때, 나는 마치 첫사랑을 만난 듯 가슴이 두근거린다. '꽂히는 순간'을 마주치는 것이다.

가장 중요한 선택의 순간, 내 귓가에 들려오는 심장박동 소리는 내가 판단을 내릴 때 고려하는 가장 중요한 요소다. 나에게 있어 행복한 인생과 흡족한 커리어를 완성하기 위한 가장 중요한 조건은 내 안의 떨림을 믿고 그에 따라 흔들리지 않고 선택해 10년 후에 돌이켜봐도 후회하지 않는 결정을 하는 것이다.

만일 가슴 떨리는 순간을 만났다면, 잡념과 소음을 떨치고 마음이 가는 곳으로 흘러가도록 내버려두자. 삶에서 설렘을 느낄 수 있는 순간들을 가진다는 것은 행운이다. 스스로가 행복할 수 있는 일을 한다는 것은 세상 누구도 부럽지 않은 삶을 살고 있다는 것. 스스로가 행복한 일을 하고 있다면 정해놓은 목표에 조금 덜 미치더라도 슬프지 않은 삶을 살 수 있으므로.

이렇게 또
한 수 배웠습니다

좋은 감각 키우기

    브랜드를 탄생시키고 키워내는 것은 마치 자식을 키우는 것과 비슷하다고 말한다. 브랜드는 정성을 다해 가꾸고, 인내심을 갖고 꾸준히 지켜봐주며, 세심한 마음으로 다치지 않게 잘 지켜야 하는 것이자 최선을 다해 키워내야 하는 존재다. 패션 브랜드가 성공을 확신하는 순간은 사람들이 상표를 확인하기 전에 상품만 보고 브랜드를 연상해낼 때라고들 말한다. 브랜드의 개성과 독창성이 고객에게 정확하게 인지되어 있는 경지에 이르러야만 가능한 일이다. 그 경지에 도달하기 위해서는 브랜드 고유의 색깔과 감각이 상품에 녹아들어 브랜드 자체와 상품들이 생명체처럼 살아 숨 쉬어야 한다. 하나의 생명체인 브랜드를 좋은 감각으로 관리하고 키워내는 일은 디자이너와 크리에이티브 디렉터의 가장 중요한 임무 중 하나다. 창조적인 일을 하는 사람에게 '좋은 감각'은 없어서는 안 되는 능력이다.

'좋은 감각을 가졌다'는 의미는 좋은 것을 느끼고 판단하며 나에게 맞는 것을 선택할 수 있는 능력을 가졌다는 것이다. 그렇다면 좋은 감각을 키워내기 위해서는 어떻게 해야 하는가? 나는 열린 마음으로 다양한 경험에 끊임없이 도전해야만 한다고 생각한다. 지난 10년간 뉴욕 패션위크에 참여해 여러 컬렉션을 선보이는 동안 '정말 이번 컬렉션은 내가 봐도 아쉽다. 쇼를 한 번만 쉬면 안 될까?'라는 생각이 들어 컬렉션을 공개하기 두려웠던 적도 종종 있었다. 하지만 그때마다 단번에 노력을 인정받기를 기대하지 않고 마음을 추스르며 다시 한 번 또 도전했다.

실패를 알면서도 도전했을 때는 '다음 기회에는 반드시 해내겠다'는 의지가 실패의 원인을 찾도록 도와주었다. 그러다 보면 언젠가는 반전의 기회가 내 손에 쥐어졌다. 포기하지 않고 용기 있게 도전하는 나의 모습을 믿어주는 든든하고도 오래된 후원사들과 동료들이 생기기 시작했고 브랜드에 대한 신뢰가 쌓여갔던 것이다. 지난 시즌의 아쉬움은 다음 시즌의 거울로 삼는 좋은 습관도 생겼다. 사람들은 나의 성공적인 쇼도 보고 싶어 하지만 나의 실패와 실수의 과정도 관심 있게 지켜본다는 것을 깨달았다.

명문 아이비그 대학을 졸업하고 건축 회사에 취직한 젊은 건축가를 만난 적이 있었다. 포토폴리오도 훌륭하고 재능이 뛰어나 앞날이 기대되는 건축가였다. 그는 한숨을 쉬며 말했다.

"회사에 취직해서 화장실 픽토그램이나 디자인하려고 아이비리그를 졸업하진 않았어요."

그의 안타까운 마음이 이해가 되었지만 나 역시 지나온 길이었기에 자신 있게 조언해줄 수 있었다.

"화장실 픽토그램을 세상에서 가장 재밌는 일처럼 한번 해보세요. 세상에서 가장 멋진 화장실 픽토그램을 탄생시키고야 말겠다는 마음으로요. 그 모습을 지켜보는 사람이 분명히 있을 거예요. 그리고 그 사람은 절대로 당신을 화장실 픽토그램만 디자인하게 내버려두지 않을 거예요."

나는 좋은 감각을 갖기 위해 남들이 좋다고 말하는 것은 꼭 경험해보려고 노력한다. 베스트셀러는 내 취향이 아니더라도 꼭 읽어본다. 어떤 책들은 처음 열 장을 넘기기도 버거울 만큼 내 취향이 아니지만 어떻게든 끝까지 읽어본다. 도저히 재미가 없어 진도가 나가지 않을 때는 재미있는 책들을 먼저 읽고 며칠 쉬었다가 다시 시작해본다. 마음에 들지 않는 베스트셀러일수록 내가 놓친 것이 있지 않을까 의심스러워 두세 번을 읽을 때도 있다. 그렇게 여러 번을 읽다 보면 보이지 않던 그 책의 장점들이 조금씩 눈에 들어오기 시작한다.

'또 한 수 배웠다.' 이런 생각이 드는 순간 무척 흐뭇하다. 또 내가 조금은 더 나아졌다는 만족감에 기쁘다. 깨닫지 못하고 있던 또 다른 새로운 감각을 연마했다는 뿌듯함이다. 창조적인 일을 하는 사람으로서 나의 아이디어들이 나만의 만족으로 끝나는 것이 아니라 많은 사람들에게 행복을 줄 수 있어야 하기에 오늘도 나는 새로운 배움을 멈출 수 없다.

나는 항상 호기심을 가지고 사람들을 관찰한다. 다른 이의 장점을 내 것으로 만들고 싶고, 상대방의 단점을 거울삼아 무엇을 하지 않아야 하는지 배우고 싶기 때문이다. 아이 같은 순수한 마음으로 계산 없이 마음을 열고 진심으로 사람을 대해야만 우리를 둘러싸고 있는 벽이 무너지면서 상대방의 장점이 선명하게 보이기 시작한다. 세상의 모든 사람들에게는 적어도 꼭 한 가지씩 배울 점이 있다. 나에게 펼쳐진 배움의 기회를 놓치기 싫어 나는 끊임없이 사람들을 관찰한다.

다양한 나라와 도시로 출장 다니는 나는 새로운 도시에 도착하면 제일 먼저 새롭게 떠오르는 핫한 곳들을 꼭 경험해보려 노력한다. 편견을 갖지 않고 다른 사람들이 좋다고 추천하는 것을 경험하며 감각을 키우고 싶기도 하고, 열린 태도로 새로운 변화를 반드시 경험해봐야 한다고 생각하기 때문이다. 10여 년 만에 2주 이상 머물게 된 서울에서 내가 가장 먼저 한 일도 새로운 핫 플레이스들을 알아보는 것이었다.

기존에 나에게 익숙했던 공간을 벗어나 새롭게 떠오르는 지역을 경험해보는 것. 내가 아는 지식 안에만 머무르지 않겠다는 나의 의지이자 노력이다. 내가 이미 알고 있는 세상에서 얻을 수 있는 깨달음은 한정되어 있다. 서울에 머무르는 동안 나는 처음 몇 주간 을지로에 있는 식당들을 섭렵했다. 대부분이 2, 30대 초반의 주인과 셰프들로 구성된 식당들에서 나는 새로운 서울을 경험하고 많은 깨달음을 얻었다. 익선동의 옛것과 새로움의 만남, 연남동의 산뜻함, 연희동의 아기자기함도 모두 매력적이었지만 을지로의 생동감과 에너지는 대단했다. 서울에 이런 멋진 감각을 지닌 공간들이 생겨나고 있다니 서울 출신인 나도 덩달아 우쭐한 생각이 들었다. '또 한 수 배웠다.'

이세탄 신주쿠점 홀리데이 행사가 확정된 후에는 일본 론칭을 성공적으로 이루어내기 위해 2015년 한 해에만 도쿄 출장을 4번 정도 갔었다. 빠듯한 출장 예산에 맞춰 스케줄을 짜며 숙박은 가장 저렴한 곳에서 해결했지만, 인기 있는 스시야(초밥 가게)는 최대한 많이 경험하고 돌아가야겠다고 결심했다. 당시 뉴욕에서 가장 값비싼 아시아 식당들은 모두 스시 레스토랑이었다. 최근 2, 3년간 미슐랭 스타를 받은 한식당들이 생겨나며 인식이 달라지긴 했지만, 그때까지만 해도 한식 레스토랑에서는 100달러도 비싸다며 눈이 동그래지던 외국 친구들도 스시 레스토랑만 가면 "고급이니까"라며 2~300달러를 아낌없이 지불했다. 그럴 때마다 한국 사람으로서 샘이 났다.

'간도 없고 재료도 거의 필요 없는 음식인데 한식보다 비싸다니. 도쿄에 가서 꼭 답을 찾아내리라. 왜 스시가 이렇게도 뉴욕에서 인기가 있는지.'

첫 도쿄 출장에서는 대부분의 인기 있는 스시 레스토랑의 규모가 작은 것에 놀랐다. 스시 셰프의 손놀림을 눈앞에서 지켜볼 수 있는 스시 바에는 적게는 5명, 많게는 10명 남짓만 착석할 수 있었다. '이렇게 인기가 많은데도 규모를 늘리지 않는구나.' 일본 친구들에게 물어보니 존경받는 스시 셰프일수록 항상 변함없는 퀄리티를 유지하기 위해 가게를 작은 규모로 운영한다고 했다. 이 경험은 유나양 브랜드 관리에 있어서 규모 확장에 집중하기보다는 최상의 컬렉션을 창조하는 것에 초점을 맞춰야 한다는 나의 신념에 확신을 더해주었다.

이후 나는 도쿄 출장을 갈 때마다 질릴 정도로 스시를 먹으며 출장 후 뉴욕에 돌아가서 당분간 외식을 할 수 없을 정도로 많은 비용을 스시 레스토랑에 투자했다. 그리고 나니 어느 순간부터는 '맛있다', '덜 맛있다' 정도로만 느껴질 뿐 스시를 먹어도 별다른 감흥이 없었다.

그러다가 마지막 출장 때, 나는 스시를 먹으며 마법 같은 순간을 경험했다. 각각의 생선들의 부위와 수확 시기, 어획 지역 등에 대해 적은 노트를 책으로도 출간한, 스시 분야에 박사 학위가 있다면 스시 박사라고 불릴 듯한 셰프의 스시를 먹는 순간, 갑자기 셰프의 마음이 느껴지기 시작했던 것이다. 셰프의 성격과 인품, 스시를 만들며 가진 마음의 움직임까지 느껴지는 특별한 경험이었다. 나도 모르게 '아! 이제 뭔가 알았다' 싶은 감각이 찾아왔다. 그다음 날 방문한 스시 레스토랑에서도 전날과 같은 경험을 했다. 새로운 감각이 내 안에서 생겨난 순간이었다.

셰프가 지식으로는 많이 알고 있지만 감성이 느껴지지 않는 2퍼센트 아쉬운 스시, '내가 이렇게 대단해'라는 자신감이 충만하게 느껴지는 스시, 세상에서 제일 예쁜 스시를 만들어내겠다는 마음으로 탄생한 스시… 세상에는 각양각색의 스시들이 있었다. 각자의 개성이 모두 달랐지만 유명 스시 셰프들이 만들어낸 모든 스시에서 '최고의 스시를 만들어내겠다'는 의지가 느껴지는 것만은 같왔다. 스시는 재료가 단순해서 더 쉽게 셰프의 마음이 읽히는 음식 같았다. 그래서 사람들의 마음에 더 쉽게 다가갈 수 있고 더 쉽게 받아들여질 수 있는 듯도 했다.

내가 도쿄에서 경험한, 자신만의 개성 있는 방식으로 스시를 연구하고 만들어내는 모든 셰프들의 스시에는 한 가지 공통점이 있었다. 스시 안에 셰프들 저마다의 철학과 깨달음이 충분히 녹아들어 있었다. 그들은 '혼'이 담긴 스시를 만들었다. 깊은 내공이 쌓여 경지에 오른 사람들만이 이루어낼 수 있는 결과다. 스시가 전 세계 사람들의 마음을 파고드는 음식이 될 수 있었던 데는 혼을 담아 스시를 만든 셰프들의 노력이 있었다. '나도 언젠가는 그 경지에 도달할 수 있을까?' 스시 셰프들로부터 나는 그렇게 '또 한 수 배웠다.'

좋은 감각을 가진다는 것은 곧 삶의 즐거움을 갖는다는 것이다. 좋은 감각을 가진 브랜드를 키워내는 일은 더 많은 사람들을 즐겁고 행복하게 만드는 것이다. 좋은 브랜드를 키워내기 위해서는 브랜드의 디자이너이자 크리에이티브 디렉터로서 늘 정진하며 배움을 멈추지 않아야 한다. 그렇게 나의 깨달음을 브랜드에 녹여낼 때, '혼'이 담긴 명품 브랜드를 키워낼 수 있다. 늘 한 수 배울 준비가 되어 있을 것. 좋은 감각을 가지는 탁월한 비결이다.

400년 전통의 프랑스 레이스 공방과 협업한 시그니처 블라우스

2013 S/S 'Close your eyes & See the world'

뉴욕 패션위크 나스닥 패션쇼 백스테이지

완벽한 인생은 없다

삶의 여백

고등학교 시절 아버지가 운영하시던 사업체의 공장을 방문하면 신이 났던 기억이 생생하다. 인천에 위치한, 램프를 생산하는 공장이었다. 여러 가지 기계를 거쳐 전구를 덮는 유리부터 전선 하나하나가 더해져서 하나의 완제품으로 생산되는 과정을 지켜보는 것이 무척이나 재밌었다. 생산된 제품들을 전 세계 바이어들에게 소개하고 판매하기 위해 아버지는 해외 출장이 잦았다. 그때 나는 순수미술가의 삶을 꿈꾸며 이화여대 서양화과에 입학했지만, 졸업할 즈음이 되자 조금 더 사회와 소통하고 호흡하는 직업을 경험해보고 싶다는 욕망이 생겼다. 지금 돌이켜보면 아버지 공장에서 보았던, 무에서 유를 창조해내는 과정이 나에게 영향을 준 것은 아닐까 싶다.

그때의 아버지처럼 지금의 나는 많게는 한 달에 두세 번 해외 출장을 간다. 사람들은 부럽다고 하지만 나의 출장은 남들이 상상하는 것처럼 화려하지 않다. 마케팅 행사에 참석하고 관계자들과 몇 번의 식사를 하고 나면 다시 뉴욕행 비행기에 지친 몸을 이끌고 올라야 한다. 서울에 도착하자마자 다음 날 일정이 빡빡하게 짜여 있는 나의 스케줄을 옆에서 지켜보던 어머니가 "너를 보고 있으니 멀미가 난다. 이제 그만하면 안 되겠니?"라고 하실 정도로 하드코어 라이프다. 관광객이 가득한 도시로 출장을 가지만 파리에 가서 에펠탑 한번 제대로 보고 오기 힘들고, 유럽의 최고급 스키 리조트가 위치한 생 모리츠에 가서도 스키는커녕 스키장 구경도 못 하고 돌아와야 했다. 싱가포르 트렁크쇼 일정 때는 그 유명하다는 보타닉 가든인 가든스 바이 더 베이나 주롱 새 공원 근처에 가보지도 못했다. 1년에 두세 번 잡히는 서울 출장도 2주 일정으로 스케줄이 짜여 있지만 체류 기간 동안 가까운 일본이나 대만 출장까지 다녀오고 나면 가족들과 겨우 저녁 식사 한 번 하고는 이륙 시간 직전에 마치 슬라이딩하는 것처럼 뉴욕행 비행기에 피곤한 몸을 싣는다.

컬렉션을 준비하는 과정은 즐겁지만 동시에 괴롭다. 새로운 컬렉션 디자인을 전개하는 동안 나는 여지없이 악몽을 꾼다. 컬렉션 발표 3주 전부터는 악몽을 꾸는 횟수가 더 많아진다. 아침에 일어나면 무슨 꿈들이었는지 기억도 나지 않지만 꼭 새벽 두세 시에 깨어 '또 악몽이네' 하고 다시 잠들면 그 악몽들이 반복된다. 이제는 하도 습관이 되어 '내가 꿈에서도 영감을 받나 보다' 하며 웃어넘기는 지경이 되었다. 이런 상황을 두고 지인들에게 신세한탄을 한 적이 있다.

"컬렉션은 왜 하면 할수록 점점 더 어려워질까요? 지금쯤 되면 훨씬 더 쉽게 준비할 수 있을 줄 알았어요."

한 지인이 내 말을 듣더니 이렇게 대답했다.

"매 시즌 한계를 뛰어넘고 있으니까요. 정상이 점점 더 가까워오니까요."

지인의 명쾌한 대답에 잠시나마 마음의 위안을 받았지만, 여전히 컬렉션 준비 과정은 고되고 힘들다. 디자인에만 집중하고 싶은 시간들을 꿈꾸어보지만 쏟아지는 컨퍼런스 콜과 끊임없는 보고와 결정, 1년에 두 차례 정기적으로 선보여야 하는 컬렉션에 각 나라들에서 진행되는 마케팅 행사들까지… 가끔은 지금 내가 어디에 있는지 깜빡할 정도로 정신없는 스케줄이다.

2010년 브랜드를 론칭한 이후, 지난 10년 동안 돌보지 못했던 건강과 휴식을 위해 '2보 전진을 위한 1보 후퇴'를 결심하고 나는 서울로 장기 출장을 떠나기로 했다. 2020년, 코로나19 발생으로 길어진 서울 출장 덕분에 나는 아름다운 영혼을 가진 친구 혜원이의 배려로 북촌 한옥집 '일우재'에 머물며 지난 10년을 돌아보는 에세이를 집필하기로 마음먹었다. 일우재는 대학 시절부터 내 마음에 꼭 드는, 총기 있는 작품들을 작업했던 혜원이의 손길이 닿은 공간이다. 낮에는 적절한 햇빛이 나무 창살을 어루만지고 저녁이면 고즈넉함이 감도는 공간. 살랑살랑 바람이 불어오는 날이면 기와집들이 내려다보이는 언덕 위에 서서 크게 숨을 들이마실 수 있는 평온함을 주는 곳. 일우재에서 나는 한옥이 주는 특유의 안정감과 아늑함에 빠져들었다. 덕분에 오랜 시간 동안 함께 시간을 보낼 수 없었던 소중한 사람들과 깊고 긴 대화를 할 수 있는 시간과 감사한 마음을 전할 수 있는 기회도 얻게 되었다.

　　나는 20대부터 세계적으로 성공한 유명 인사들을 가까이에서 만나고 그들과 대화할 수 있는 기회를 가질 수 있었다. 얼마 전 누군가 나에게 이런 질문을 했다.

　　"너는 전 세계 수많은 부호들을 만나봤는데, 그들이 부럽지 않았어?"

인생의 희로애락을 표현한 2013 F/W

'Che Bella!(인생은 아름다워!)' 비하인드신

나는 망설임 없이 대답했다.

"아니, 부럽지 않아. 왜냐면 돈이나 명예 등 사회 통념적인 성공이 꼭 행복한 인생을 보장하는 것은 아니란 걸 일찍감치 알게 되었거든. 그들 모두 나름의 고민과 어려움이 있었어. 신은 공평해. 다 주시지는 않더라고."

내가 만난 부호들 중에는 너무 많은 재산 때문에 가족들이 서로 다투고 원수처럼 지내거나, 자식이 사고로 일찍 사망했거나, 유명세와 재산 때문에 자신을 좋아하는 것인지 돈을 보고 접근하는 것인지 불안해하며 가까이 있는 사람들을 믿지 못하는 경우도 있었다. 누구의 인생도 완벽하지 않고 완벽할 수 없는 것. 가장 행복한 삶은 하루하루를 뜻깊게 보내는 것이라는 깨우침을 얻었다.

우리는 모두 불완전한 존재다. 성공했다고 해서 완벽한 사람일 수도 없고, 완벽한 인생을 가졌다고 할 수도 없다. 그림을 그리던 시절, 자주 하던 습관이 있다. 어느 정도 그림을 그렸다 싶은 순간, 뒤로 멀찍이 떨어져서 전체를 보는 것이다. 그러면 가까이에서는 보이지 않던 많은 것들이 보인다. 여백을 더 많이 넣어야겠다는 생각도 하게 된다. 마치 우리 인생 같다. 단거리 달리기 선수처럼 숨 가쁘게 질주할 때는 아무것도 깨닫지 못하다가 잠시 멈추어서 뒤돌아보면 비워내야 하는 것들이 보인다. 꽉 차 있는 캔버스보다 여백의 미를 가진 작품이 훨씬 더 멋지다. 인생도 그런 것이 아닐까? 100미터 단거리 경주보다는 마라톤과 같은 것. 완주하는 것 자체만으로도 멋진 것.

나는 후배 디자이너들이 자신의 무대에서 더 많이 자신에게 관대해졌으면 좋겠다. 가끔은 나 자신의 어깨를 툭툭 치며 말해보자. "괜찮아, 이만하면 잘했어", "이번엔 이만큼 했으니 다음번엔 더 잘할 수 있어"라고 응원도 해주자. 자신의 실수나 모자람도 관대하게 감싸 안아서 두려움 없이 큰 도전도 자신 있게 해나가자.

나는 어렵고 힘든 순간, 떨어지는 탁구공을 떠올린다. '이렇게 세게 떨어지니 이제 얼마나 더 세게 튀어 오르겠어? 엄청나게 좋은 일이 생기겠군.' 나 자신을 위한 위로의 방법이다. 도전이 실패로 끝날지라도 그 과정에서 배운 노하우들은 나에게 녹아들어 나를 이루는 한 부분이 된다. 자신의 부족함을 인정하고 자신에게 관대할 수 있는 사람은 남에게도 관대할 수 있다.

평안함 마음을 갖자. 자신을 믿고 나 자신이 소중한 존재임을 자각하자. 자신의 능력의 더함과 덜함에 동요하지 말아야 한다. 오늘의 어려움은 내일의 밑거름이 되고, 오늘의 나보다 내일의 나는 조금 더 빛난다. 내 마음을 단단하게 단련해 외부의 흔들림에 요동치지 않도록 만들자.

'목계지덕木鷄之德'의 유래가 된 장자의 〈달생편達生篇〉에는 덕을 가진 닭이 등장한다. 주나라의 선왕은 투계를 좋아했는데 투계사에게 최고의 투계를 만들라는 명을 내렸다. 그로부터 열흘 후, 왕이 물었다.

"닭이 싸우기에 충분한가?"

"아닙니다. 강해지긴 했지만 교만합니다. 자신이 최고라고 생각합니다. 교만을 떨치지 않는 한 최고가 될 수 없습니다."

다시 열흘 후, 왕은 또 물었다. 투계사가 대답했다.

"아직 멀었습니다. 교만함은 버렸지만 상대의 그림자와 소리에 너무 쉽게 반응합니다."

그로부터 또 열흘 후, 왕은 재차 물었다.

"준비가 되었느냐?"

"아닙니다. 상대를 노려보는 눈초리가 너무 공격적입니다."

다시 또 열흘 후, 왕은 거듭 물었다. 투계사가 대답했다.

"이제 됐습니다. 상대가 아무리 소리를 질러도 아무런 반응도 하지 않습니다. 완전한 마음의 평정을 찾았습니다. 나무와 같은 목계가 되었습니다. 다른 닭들은 이제 이 닭의 모습만 봐도 도망갈 것입니다."

나를 의기소침하게 만드는 순간들을 만나면 그 기억은 훌훌 털어버리고 새로운 도전을 향해 다시 길을 나서자. 밀라노에서 첫 직장을 알아볼 때 이력서를 보내고 나를 알리는 과정에서 수백 번의 거절을 감내해야 했다. 브랜드 10년 차인 지금도 우리가 먼저 제안한 프로젝트에 상대로부터 거절을 당하기도 하고, 제안받은 프로젝트를 거절하기도 한다. 하지만 상대방의 제안이 우리가 지향하는 바와 맞지 않아 거절하는 것일 뿐, 제안한 프로젝트의 퀄리티가 낮다고 생각해서 거절하는 것은 아니다. 다양한 기회에 도전하다 보면 거절은 당연한 일. '나와 맞지 않는 기회로구나' 생각하며 단순하게 생각하고, 거절의 아픔을 툴툴 털어버리고 나와 맞는 기회를 다시 찾아 떠나면 된다. 자신이 누구인지, 어떤 능력을 가졌는지 끊임없이 알리다 보면 타이밍이 맞는 순간이 분명히 찾아온다.

편견에 휘둘려 무례한 사람들을 만났을 때 마음속으로 생각한다. '쫄지 말자! 그래 봤자 이 사람도 사람이야.' 난 소중한 존재고, 나의 시간은 더 소중하다. 내가 가장 좋아하는 이태리어 문장이 있다. 'Io valgo(나는 가치 있다, 나는 소중하다).' 나의 소중한 시간을 나눌 사람들은 신중히 선택하자. 나를 가치 있게 생각해주지 않는 사람에게 나와 일할 기회를 주지 말자. 그리고 그런 사람과는 일을 못 하게 되어도 괜찮다. 또 다른 기회는 언제든 오기 마련이니까. '네가 없어도 괜찮아'라고 마음속으로 외치자.

나만의 삶의 취향을 만들자. 미슐랭 3스타 레스토랑이라고 해도 나에게는 맛있는 식당이 아닐 수 있다. 남이 판단해주는 기준이 아닌 내가 좋아하는 것들에 대한 나 스스로의 안목을 가지는 것이 중요하다. 시행착오를 통해서 자신에게 어울리는 나만의 취향을 찾을 수 있는 시간을 스스로에게 주자. 취향에 맞는 원두로 내린 커피 한잔과 좋아하는 사람들과 나누는 재밌는 대화들, 맘에 꼭 드는 옷을 입고 거울을 보며 나를 느끼는 기쁨, 계획 없이 떠난 여행에서 우연히 만난 아름다운 풍경들…. 사회가 만들어놓은 성공의 기준을 좇아가느라 인생의 낭만과 소소한 재미를 놓치지 말자.

일이 너무 어렵고 힘들어 지치고 즐겁지 않다면 멈춰 서도 괜찮다. 너무 힘든데 쉬지 않고 계속하면 그 힘들고 괴로운 기억이 마음속 깊이 남아 다른 도전도 머뭇거리게 만든다. 악순환의 연속이다. 나의 행동을 주저하게 만들 경험은 하지 않는 편이 낫다. 포기가 아닌 새로운 방식의 도전으로 내 인생의 새로운 길을 모색하자. 멈출 수 있는 용기를 갖자. 방황 없는 삶은 없다. 나만의 길을 찾기 위해 방황할 수 있는 낭만과 자유의 특권을 스스로에게 주자. 꿈을 위해 정진하되 내 인생 전부를 불사르지는 말자. 자신을 지켜줄 수 있을 만큼의 힘을 담아둘 작은 공간을 내 마음속에 만들어놓자.

내가 하는 일에 자부심을 가지자. 일은 신성한 것이고 일의 크기가 작든 크든 일을 할 수 있는 기회가 주어진다는 것은 흥분되고 설레는 일이다. 오늘 내가 하는 일의 크기가 작다고 해서 내일의 내가 할 일도 작은 것은 아니다. 내가 나의 일을 소중히 여기고 자부심을 느끼는 순간, 세상 그 어느 누구도 당신의 일을 또 당신을 폄하할 수 없다.

패션디자이너를 단순히 '옷 만드는 사람', '내 옷 만들어주는 사람' 정도로만 치부하는 사람들을 만날 때가 있다. 상대의 어떤 평가에도 나는 상처받지 않고 나의 길을 묵묵히 갈 뿐이다. 내가 생각하는 '패션'은 만국 공통어로서 세상과 소통하는 아름다운 매개체다. 그것을 창조해내는 일은 세상에 꼭 필요한 일이다. 세상의 모든 사람들에게 내가 사랑받을 수 없듯이 나의 일 역시 그러하다는 것을 나는 받아들였다.

인생에 정답이 없음을 즐겨라. 처음 브랜드를 론칭할 때 뉴욕 패션계 인사들이 비슷한 조언들을 쏟아냈다. 들으면 들을수록 의구심이 들었다. '이렇게 정답이 분명하다면 대체 왜 많은 뉴욕의 신규 디자이너 브랜드들이 2, 3년도 버티지 못하고 사라지는 걸까?' 브랜드 론칭 이후 나에게 조언을 구하는 사람들이 있으면 나는 적극적이고 가벼운 마음으로 조언을 해주곤 했다.

"이럴 때는 이렇게 해봐. 왜 그때는 그렇게 했어? 다르게 했으면 좋았지."

하지만 어느 순간, 다른 사람에게 충고와 조언을 하려면 그 사람과 상황에 대해 깊이 이해하고 있어야 한다는 것을 깨달았다. 충고는 어렵다. 내가 나를 내 마음의 거울에 비추어 스스로에게 하는 충고는 쉽지만, 상대방의 상황에 대해 자세히 알지 못하고 건넨 충고나 조언은 독이 될 수 있다. 그걸 알고 나니 어느 순간부터 겁이 나 조언과 충고에 신중을 기하게 되었다.

똑같은 상황이나 일도 사람에 따라 대처 방식이 다르기 때문에 조언의 방향도 달라져야 한다. 우리는 종종 정답이 없는 길임에도 타인들이 만들어놓은 정답인 듯한 여정을 강요당하는 일에 익숙해왔다. 일뿐만이 아니라 삶에 있어서도 '평범하게 사는 것', '정상적으로 보이는 것'을 주입받고 강요받으며 살아온 것은 아닌지, 익숙함에 길들여져 타인에게도 익숙함을 권장하고 있는 것은 아닌지 생각해봐야 한다.

사회 관습적인 성공을 위해서 자신을 포기하지 말자. 나다움과 나만의 개성은 나의 경쟁력이다. 성공의 기준도 행복의 기준도 만족의 기준도 나 자신에게 묻고 내가 세워야 한다. 내 인생이란 무대에서 유일무이한 주인공은 바로 나이기 때문이다. 나다움을 즐기고 나다움을 소중하게 여기는 삶은 타인에게는 아슬아슬해 보일지 모르지만 신나고 짜릿하다.

남과 자신을 비교하지 말자. 그들의 삶도 나의 삶처럼 완벽하지 않다. 다른 사람들의 삶을 자신의 삶과 비교하지 않고 오롯이 나 자신에게 집중할 때 창조성은 극대화된다. 인생은 결국, 나 자신과의 끊임없는 싸움을 통해 나를 단련시키는 외롭고 긴 여정이다. 사찰음식의 대가 정관 스님은 이렇게 말씀하셨다.

"자신을 내려놓고 견주는 마음이 없으면, 잘났다 못났다 하는 마음이 없으면 창의력은 열립니다. 주어진 환경에 지배당하지 않고 내가 주변의 현상들을 자유자재로 만들어야 합니다."

'최고의 열정을 쏟아내는 것은 깨달음으로 가는 과정.' 음식을 창조해내는 과정이 수행과 같다는 뜻일 테다. 당신께서 심혈을 기울여 창조해낸 사찰음식이 수행하는 스님들에게는 수행과 득도의 자양분이 되고 사람들의 삶에는 행복이 되기를 바란다는 스님의 말씀을 듣고, 나는 나의 열정을 쏟아낸 브랜드 유나양이 우리 세계에 좋은 에너지를 주는 순간을 꿈꾸어본다. 내가 꿈꾸는 세상을 위해 선보인 나의 시도들과 창조물들에서 진심을 담은 혼이 느껴질 수 있다면, 창조자로서 최고의 경지에 올랐다고 할 수 있지 않을까. 내가 꿈꿔볼 수 있는 성공의 정의 중 하나가 될 수 있지 않을까.

나만의 '성공'의 정의와 방식을 마음속에 그려보자. '성공'이라는 단어는 묘하다. 나는 한 번도 나 자신이 '성공'했다거나 '성공'을 꿈꾸며 살아왔다고 생각하지 않는다. 이 묘한 단어는 아직도 나에게 의미가 불분명하다. 사회적으로 '성공'했다는 분들 중에는 행복해 보이지 않는 분들도 있었으니까. 나는 매일매일의 삶이 즐겁기를 원할 뿐이다. 진심을 나눌 수 있는 사람들과 만남을 가질 수 있는 여유로운 시간이 허락되기를 바라고, 신나게 달려볼 수 있는 재미있는 프로젝트들을 마음 맞는 사람들과 함께할 기회를 누리기를 바란다. 운이 좋아 만나게 된 나에게 영감을 준 많은 이들처럼 내가 받은 운을 조금이라도 다른 사람들과 나눌 있기를 바란다. 이 정도면 멋지고 성공된 삶이 아닐까?

즐거움이 있는 인생이 최고의 인생이다. 마음이 가는 대로 내가 지키고 싶은 가치를 추구하며, 무엇보다 나 자신을 잃지 않고 지키며 사는 인생. 오늘도 나에게 주어진 소중한 기회들을 즐기기 위해 최선을 다해본다. 고민과 고뇌 끝에 최상의 결과를 끌어냈을 때의 쾌감이란 그 어떤 재미와도 바꿀 수 없는 즐거움이다. 조금 더디게 목표에 도달하더라도, 조금 덜 목표에 이르더라도 가슴 설레는 선택을 하고 살아간다면 예측 불가능한 오늘 하루의 기쁨도 슬픔도 즐길 수 있지 않을까. 내가 꿈꾸는 진정한 행복한 성공에 다다르기를 바라며.

나에게 묻고 나의 길을 간다

오늘도 새로운 하루가 시작된다. 두근두근.

눈을 뜨자마자 컨설턴트로 조언을 해주고 있는, 미국에서 론칭 예정인 교육 플랫폼 웹사이트의 디자인 초안을 한 번 더 점검했다. 어젯밤 잠들기 전까지 로고 초안과 웹사이트를 가까이서 보았다 멀리서 보았다 하며 정리된 의견을 이메일로 공유해두었는데 눈을 뜨자마자 '잠결에 실수는 없었나' 다시 점검해본다. 실수 없이 디렉션을 잘 전달했구나. 한시름 놓고 하루 일과를 확인한다.

'두 시간 정도 책을 읽고 오후에는 새 시즌 마케팅 전략과 홍보 행사 기획안을 점검하고 저녁 식사 전까지 새로운 재킷 디자인에 대한 아이디어를 마쳤으면 좋겠는데… 가능할까?'

나는 최근 몇 년 전부터 시도해보고 싶었던 캡슐 컬렉션을 준비 중이다. 패션위크 스케줄에 맞춰 S/S, F/W 선보이는 컬렉션 대신 내가 집중하고 싶은 한 가지 아이템을 선정해 깊이 있게 고심하고 디자인해보는 미니 컬렉션이다. 10년 동안 패션위크 컬렉션을 해오며 항상 시간이 아쉬웠다. 패션협회가 정해놓은 날짜와 시간에 맞춰 컬렉션을 선보이는 훈련도 값진 경험이었지만 컬렉션을 마치고 나면 항상 '시간이 조금만 더 있었으면 좋겠다'는 아쉬움이 있었다. 주제와 디자인에 좀 더 심도 있게 집중해 컬렉션의 퀄리티를 높이고 싶기 때문이다. 한 시즌이 끝나고 2주 정도의 휴식기 아닌 휴식기를 보낸 후 바로 다음 시즌에 집중해야 하는 스케줄 속에서 내 안의 창조성을 최대치로 끌어내기 쉽지 않았다.

코로나 덕분에 가지게 된 값진 여유로움 속에서 선보일 캡슐 컬렉션 생각에 마음이 설렌다. 20여 년 만에 장기 출장차 머물게 된 서울에서 한국의 멋진 스텝들과 북촌을 배경으로 선보일 컬렉션은 유나양의 또 다른 새로운 시도이다. 20회의 뉴욕 컬렉션을 선보이며 쌓아온 깨달음들이 내공이 되어 타인이 정해놓은 스케줄이 아닌 내가 만족할 수 있는 수준의 컬렉션이 준비되었을 때 우리가 원하는 시기, 원하는 방식으로 자유롭게 선보일 수 있는 배짱이라는 선물을 선사했다. 새로운 시도, 재밌는 도전, 결과는 나도 예측할 수 없다. 하지만 가슴이 뛴다!

세상에는 소음들이 많다. 내가 원하는 대로, 소신껏 살고 싶어도 내버려두지 않는, 내 마음의 행로를 이탈하라고 유혹하는 속상임들. 오늘도 많은 방해와 유혹들이 나를 흔들어댄다. '그래서 뭐', '그러든지 말든지', '나는 나대로 다 생각이 있어'…. 세상이 나를 흔들어댈 때 그 소음으로부터 나를 지켜내는 나만의 마법 같은 주문들이다.

바깥의 소음들이 나의 내면을 잠식하지 않도록, 두려움이 내 마음에 짙은 얼룩으로 남지 않도록 노력해왔다. 내 마음의 중심을 단단히 키우기 위해 고군분투했다. 두려움이 싹을 틔우는 순간 유일한 방어법은 바로 행동으로 시도해버리고 '해보니 별거 아니군' 하고 두려움을 끊어내는 것이다.

오늘도 나 자신을 믿고 나에게 물어본다.

'내가 진심으로 원하는 길인가? 그 길에 필요한 도전인가?'

소중한 나 자신에게 묻고 선택한 길을 걷는 것조차 쉽지 않은 게 인생사다. 하물며 나를 위한 선택마저 없는 길을 가면서 행복, 최선, 열정, 만족, 희열이라는 단어를 내 삶 앞에 놓을 수 있을까.

미래의 내가 어떤 모습일지, 지금 꿈꾸는 것들을 얼마나 완성 해놓았을지 나 자신도 예측할 수는 없지만 나의 작은 성취와 작은 실패와 작은 불행과 작은 행복들을 나누고 싶었다.

나에게 맞지 않는 옷을 벗어던지고 나에게 자유를 주는 순간, 나를 둘러싼 한계가 사라진다는 것을, 두려움 없이 나만의 길을 걷는 선택은 인생에서 꼭 한번 해볼 만한 시도라는 것을, 오롯이 나 자신과의 대화에만 집중해 내 삶의 방향을 주도적으로 선택했 을 때의 열정과 책임감의 크기는 그전과 분명 다르다는 것을, 결 과와 상관없이 과정에서 얻는 깨달음이 때로는 더 값지다는 것을, 더 많은 이들과 나누고 싶었다.

디자이너는 조금 더 아름다운 세상을 만들기 위해 노력해야 하 는 사람이니까. 조금 더 많은 사람들을 행복하게 만들기 위한 사 람이니까. 이런 나의 신념에 이 책이 작은 몫을 해주길 바랄 뿐이다.

부록

YUNA YANG
COLLECTION

Fearless

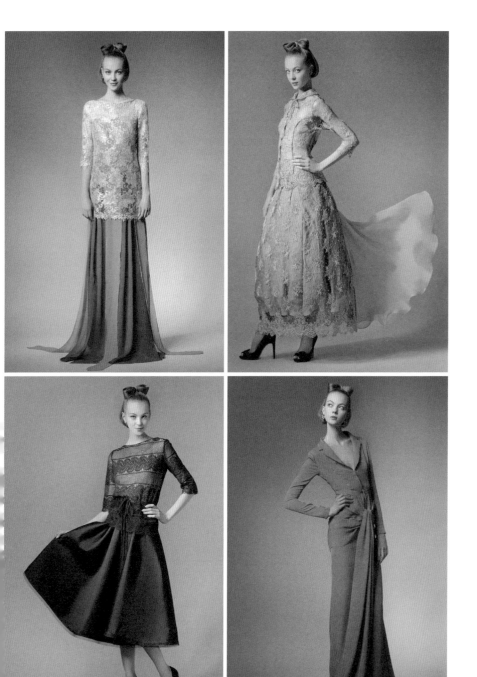

2012 S/S 'Magic' 컬렉션

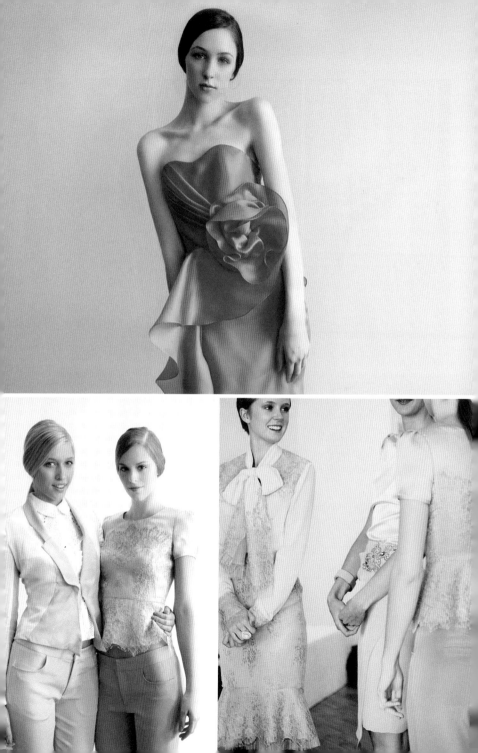

2012 F/W 'A Room of One's own' 컬렉션

2013 F/W 'Che Bella' 컬렉션

2015 S/S 'Dream' 컬렉션

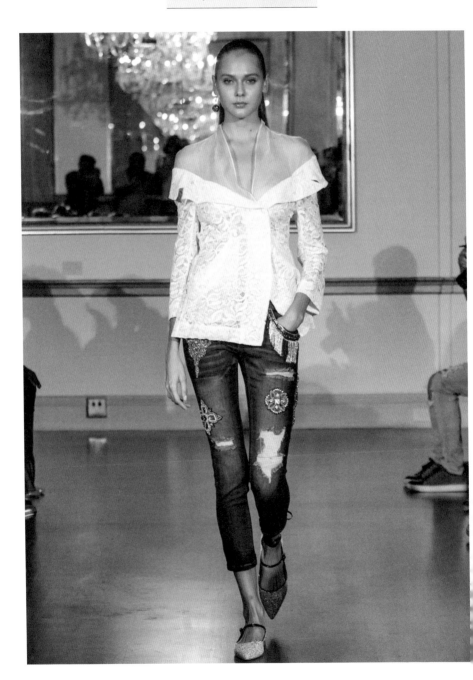

2010 F/W   2011 S/S   2011 F/W

2014 F/W   2017 S/S   2017 F/W

2018 S/S   2018 F/W   2019 S/S

2019 F/W   Fashion Film
'The Thief'